Ulrike Blatter

Rendezvous mit dem Tod

AF206024

Das Buch

Achtmal begegnet dir der Tod. Er tritt auf als grausamer Rächer, als kühl kalkulierender Killer oder als eleganter Charmeur. Es liegt an dir, wie dein Rendezvous mit dem Tod verläuft: grauenvoll, lustvoll oder humorvoll. Du musst nur umblättern!

Die Autorin

Ulrike Blatter arbeitete als Ärztin „von der Wiege bis zur Bahre": zuerst in der Geburtshilfe, später auf dem Drogen-Kiez und in der Rechtsmedizin. Nichts Menschliches ist ihr fremd. Die erfolgreiche Krimiautorin lädt in diesem Band ein zu einem literarischen Totentanz – vollkommen befreit vom Zwang einen Täter zu ermitteln oder Recht und Gesetz durchzusetzen.

Ulrike Blatter erhielt für ihr Werk mehrmals Stipendien. Wenn sie nicht schreibt, unternimmt sie gemeinsam mit ihrem Mann lange Radreisen – und lotet auch hier Grenzbereiche seelischer Belastbarkeit aus.

Homepage: www.ulrike-blatter.de

Ulrike Blatter

Rendezvous mit dem Tod

Unheimliche Geschichten

Die geschilderte Handlung ist frei erfunden. Eventuelle Ähnlichkeiten mit lebenden oder verstorbenen Personen sind zufälliger Natur und nicht beabsichtigt.

Impressum

Bibliografische Information der Deutschen Nationalbibliothek:
Die Deutsche Nationalbibliothek verzeichnet diese Publikation in der Deutschen Nationalbibliografie; detaillierte bibliografische Daten sind im Internet über
http://dnb.dnb.de abrufbar.
© 2020 Ulrike Blatter
Cover: VercoDesign   Vignetten: Pixabay; Ulrike Blatter
Lektorat: KSB
Korrektorat: „Abgetaucht" und „Ausgebügelt": Silvia Hildebrandt; übrige: KSB
Herstellung und Verlag: BoD – Books on Demand, Norderstedt
ISBN: 978-3-7504-1260-6

Inhalt

Rendezvous mit dem Tod

EVERY BREATH YOU TAKE
I'LL BE WATCHING YOU

(STING)

HEUT WETZT ER DAS MESSER,
ES SCHNEIDT SCHON VIEL BESSER

(AUS: DES KNABEN WUNDERHORN)

Hier auf dem Land war es üblich Anhalter mitzunehmen, denn ab dem späten Nachmittag fuhren die Busse nur noch im Stundentakt. In der winterlich früh hereinbrechenden Dämmerung erkannte Franja an der verwaisten Bushaltestelle in der hoch aufgeschossenen Gestalt mit tief ins Gesicht gezogener Kapuze unzweifelhaft den siebzehnjährigen Sohn der Nachbarin. Diese Fehleinschätzung konnte nur deswegen zustande kommen, weil sie unkritisch annahm, dass alle männlichen Jugendlichen heutzutage ihre Gesichter im Schattenwurf von Kapuzen versteckten. Als sich die schwarz gekleidete Gestalt jedoch wortlos auf den Beifahrersitz fallen ließ, erkannte Franja sofort, dass sie einen entsetzlichen Fehler gemacht hatte, denn ihr Beifahrer blieb auch dann noch unkenntlich, als sie wieder anfuhr. Er grüßte nicht, gab auch sonst kein Zeichen des Wiedererkennens und antwortete schon gar nicht auf die Frage nach dem Woher und Wohin.

Zuerst irritiert, dann beunruhigt fingerte Franja an den Knöpfen des Autoradios herum und suchte den Lokalsender. Nur bruchstückhaft drang die emotionslose Stimme des Moderators zu ihr durch, die verkündete, man solle keinesfalls in der Region irgendwelche Anhalter mitnehmen. Es habe einen Banküberfall in der nahe gelegenen Kreisstadt gegeben. Ein Täter sei gefasst, ein weiterer zu Fuß geflüchtet; wahrscheinlich sei er bewaffnet.

Unwillkürlich trat Franja das Gaspedal durch. Einzelne Schneeflocken tanzten vor der Windschutzscheibe, kollidierten mit dem Glas und zerrannen zu Tränen. Gleichmütig schnappten die Scheibenwischer die Tränen weg.

»Was fährst du denn so hektisch? Wenn du so weitermachst, landen wir noch im Graben.«

Das war auf gar keinen Fall die Stimme des Nachbarjungen. Diese Stimme war weder alt noch jung und klang, abgesehen von einem leichten Schnarren, vollkommen ausdruckslos. Ein kurzer Seitenblick offenbarte kräftige Zähne, gebleckt zu einem breiten Grinsen, ein beängstigendes Lächeln, das im Dunkeln zu schweben schien, denn der Rest des Gesichtes lag weiterhin in tiefem Schatten. Franja drosselte die Geschwindigkeit. Es galt ruhig zu bleiben. Angst war immer ein schlechter Ratgeber. Die äußeren Rahmenbedingungen waren jedoch denkbar ungünstig: Sie fuhren durch ein dünn besiedeltes Gebiet, in dem sich dichte Wälder und weitläufige landwirtschaftliche Flächen abwechselten. Hier lagen die einzelnen Gehöfte weit voneinander entfernt. Sogar wenn er unbewaffnet wäre, hätte sie nicht die geringste Chance zur Flucht oder Gegenwehr.

»Du guckst so, als hättest du eine Leiche im Kofferraum«, näselte ihr Beifahrer.

»Nein, nur den Wochenendeinkauf«, presste Franja hervor und starrte dabei konzentriert auf die Fahrbahn, deren weiße Markierungen vor ihren

Augen verschwammen. »Es ist nur eine Tüte mit Lebensmitteln. Wenn man allein wohnt, so wie ich, dann braucht man nicht viel«, setzte sie überflüssigerweise hinzu und biss sich ob dieser Unachtsamkeit zornig auf die Lippen.

»Wo kann ich Sie denn wieder absetzen?«, sprach sie rasch und in unverfänglichem Plauderton weiter und hätte noch ganz andere Dinge gesagt, um ihn von der einsamen Frau, die an diesem Wochenende ganz offensichtlich keinen Besuch erwartete, abzulenken. Er wirkte jedoch nicht so, als ob er sich je von etwas *wirklich* Wichtigem ablenken ließe.

»Du kannst mich ruhig duzen«, entgegnete der Kapuzenmann, ohne auf ihre Frage einzugehen, zog aus den Tiefen seiner Jacke ein in rotes Leder eingebundenes Notizbuch heraus, blätterte suchend und klopfte dann triumphierend mit dem Fingerknöchel auf eine Seite: »Siehst du – hier steht es geschrieben: Franja, verheiratete Müller, seit zehn Jahren geschieden, trägt wieder ihren Mädchennamen Schmidt. Geburtsjahr? Ach, nicht so wichtig.« Ein schalkhaftes Schmunzeln verschmälerte die grinsenden Zahnreihen für einen Moment. »Man fragt eine Dame ja nicht nach dem Alter, oder? Haarfarbe, was soll ich sagen? Aschblond oder doch eher graublond? Na ja, ist egal, seit zehn Jahren gilt bei dieser Dame die knallrot gefärbte Lockenmähne als Markenzeichen. Größe:

hundertfünfundsechzig Zentimeter, Figur, Gewicht – nun, was soll ich sagen ...?«

»Jetzt reicht's«, schnaubte Franja. »Sind Sie ein Stalker oder einfach nur unverschämt?«

Zu gerne hätte sie einen Blick in das knallrote Notizbuch geworfen, aber das war unmöglich. Bei der Erwähnung von Alter und Gewicht hätte sie einen Moment fast vergessen, dass er wahrscheinlich bewaffnet war.

»Stehen denn da auch wirklich interessante Dinge drin?«, meinte sie wegwerfend und versuchte ihre Anspannung cool zu überspielen. Lässig deutete sie mit der Kinnspitze auf ihren Beifahrer, der eilfertig nickte, sodass die Kapuze ins Rutschen geriet. Hastig streifte er sie wieder weit über die Stirn, blätterte eine Seite um und bestätigte: »Beruf Pharmazeutin, Spezialgebiet Pflanzengifte; seit der Scheidung freiberuflich und durchaus erfolgreich als Krimiautorin tätig. Spezialität: die raffinierte Tötung durch Gift. Anerkannte Forscherin auf dem Gebiet des perfekten Gattenmordes.«

Offensichtlich befriedigt, klappte er das ominöse Büchlein zu und beobachtete ihre Reaktion. Franja rief sich energisch zur Ordnung. Bis jetzt hatte er nichts erwähnt, was er sich nicht auch aus Zeitungsartikeln, dem Internet oder den Klappentexten ihrer Bücher hätte zusammenreimen können. Vielleicht war er doch nicht der flüchtige Bankräuber, sondern lediglich ein Stalker, hoffte sie. Stalker waren zwar lästig, aber so gut wie nie bewaffnet. Vielleicht gab es also doch eine realistische Chance, ungeschoren aus dieser zugegebenermaßen kniffligen Situation herauszukommen.

›Ich muss sein Vertrauen gewinnen‹, beschloss Franja. ›Und ich muss unbedingt in die Nähe eines Telefons‹. Wie so oft hatte sie ihr Handy daheim am Ladegerät vergessen. Unverzeihlich.

»Fahren wir zu dir oder zu mir?«, fragte sie betont harmlos.

»Ich würde dir nicht raten, zu mir zu fahren«, antwortete der Fremde unerwartet ernst. »Da vorne dieser Feldweg, hast du den etwa vergessen? Der ist doch deine übliche Abkürzung.«

Er kannte sich gut aus. Vielleicht zu gut. Der Feldweg war noch einsamer als die gottverlassene Landstraße und ungefähr die letzte Strecke, die Franja um diese Tageszeit freiwillig gefahren wäre. Aber es schien besser, zu gehorchen. Widerspruchslos und wie unter Trance setzte Franja den Blinker und bog rechts ab.

»Vergiss niemals«, fuhr der Fremde fort. »Ich weiß viel mehr über dich, als du ahnst. Und irgendwann fahren wir schon einmal zu mir. Aber – «, er machte eine Kunstpause. »Heute ist es dafür noch viel zu früh. Zuerst einmal schlage ich vor, du fährst ganz normal nach Hause, ich helfe dir beim Ausladen und danach reden wir weiter.«

»Meine Einkaufstüte kann ich schon alleine tragen«, antwortete Franja patzig, aber in jäher Angst schlugen ihre Zähne hart aufeinander und die Stimme versagte ihr fast. Der Wagen machte auf dem holprigen Feldweg einen Satz nach vorne.

»Langsam«, mahnte der Fremde. »Das bringt doch nichts, wenn du an einem Baum landest.«

Franja schwieg und kämpfte ihre aufflackernde Panik nieder. Sie bemühte sich vorausschauend zu fahren und umkurvte zunehmend souverän ein paar tiefe Schlaglöcher.

›Wenn ich das hier überstehe‹, schwor sie sich, ›werde ich endlich, endlich ein braves Mädchen. Dann ist Schluss mit Gift- und Gattenmorden, dann schreibe ich nur noch Kinderbücher. Na ja, …‹, setzte sie in Gedanken hinzu und schaltete in den dritten Gang – ›und von Zeit zu Zeit noch einen klitzekleinen Kurzkrimi.‹ Aber noch war nichts überstanden. Noch steckte sie mittendrin in einer mehr als unübersichtlichen Situation. An der Seite eines anscheinend völlig unberechenbaren Psychopathen, der ihr körperlich überlegen und unter Umständen bewaffnet war. Franja gab Gas. Dort vorne lag ihr Haus. Sie hatte das alte Bauernhaus kurz nach der Scheidung gekauft. Es war in schlechtem Zustand gewesen und ziemlich billig. Trotzdem war fast ihr gesamtes Vermögen dabei drauf gegangen. In den letzten Jahren hatte sie nicht nur jeden Cent hineingesteckt, den sie erübrigen konnte, sondern auch ungezählte Stunden in Eigenleistung. Jede freie Minute hatte sie mit dem Farbquast in der Hand verbracht oder spachtelnd, hämmernd, Dielen verlegend. Manchmal hatte sie geweint, viel öfter aber gelacht – und ganz nebenbei waren nicht nur ihre Handwerkerfähigkeiten gewachsen, sondern auch ihr Selbstbewusstsein. Wenn sie nun über die vertraut knarrenden Dielenböden schritt, sich an den gemütlich warmen Kachelofen lehnte und durch die Sprossenfenster hinaus in die offene Landschaft blickte, dann fühlte sie nur eins: unbändigen Stolz auf sich selbst und auf all das, was sie durch eigene Anstrengungen geschaffen hatte.

Sie bestand darauf, ihre Einkaufstasche allein reinzuschleppen – und obwohl ihr der Kapuzenmann immer dicht auf den Fersen blieb, tat es ihr gut Stärke zu demonstrieren. Als sie jedoch in den Hausgang trat und das Licht einschaltete, versagten ihr beinahe die Beine und sie musste sich einen kurzen Moment an die Wand lehnen.

»Nach dir«, wies ihr der Fremde den Weg und wandte sein Gesicht ab, sodass es wieder im Schatten lag.

Franja betrat das Wohnzimmer, drückte hastig auf den Lichtschalter und nahm ihren Lieblingsplatz am Kachelofen ein. Whiskyflasche und Gläser standen in Griffweite.

»Darf ich dir etwas zum Trinken anbieten?«, fragte sie, ohne den Blick zu ihm zu wenden, der langsam wie ein kriechender Schatten näher glitt.

»Nein danke«, sagte die ausdruckslose Stimme. »Ich trinke nicht im Dienst.«

Sie goss sich einen kräftigen Schluck ein. Auf Eiswürfel würde sie diesmal verzichten müssen. Franja fühlte sich außerstande, auch nur einen Schritt aus der Geborgenheit des Ofens heraus zu machen. Nach dem ersten Schluck atmete sie tief durch. Das Zeug schmeckte angenehm rauchig und im Abgang streifte der vertraute medizinische Nachgeschmack ihren Gaumen. Bei ihrem letzten Gattenmord hatte sie diese Whiskymarke dazu benutzt, um eine scheußlich wirkende Chemikalie geschmacklich zu verdecken.

»Na hör mal. Es ist schon nach Sieben. Wann endet denn dein Dienst?«

Er setzte sich behutsam und mit knackenden Gelenken auf die Ofenbank, in den alleräußersten Winkel, wo er sich in den tiefsten Schatten ducken konnte. Die Katze, die dort den Tag auf einem Kissen verträumt hatte, sprang auf und schlüpfte mit gesträubtem Fell durch die angelehnte Stubentür.

»*Mein* Dienst endet nie«, entgegnete er kryptisch.

»Jetzt kannst du es mir doch endlich verraten – was willst du von mir?«

Immer noch hielt sie den Blick abgewandt, aber draußen herrschte Dunkelheit, dort gab es nichts zu sehen und die Sprossenfensterscheiben waren zu klein, als dass sie sein Spiegelbild oder gar einen Blick in die Schatten der Kapuze hätte erhaschen können.

»Hast du keine Idee, was ich von dir will?«

»Nein, ich bin Künstlerin – mein ganzes Kapital steckt in meinem Kopf und – «, sie griff mit weit ausholender Gebärde in die Luft, »… und in diesem Haus. Hier ist nichts zu holen, wenn du mich fragst.«

»Du bist Künstlerin«, wiederholte der Kapuzenmann gedankenvoll. »Und ich bin Praktiker. Wir könnten uns ergänzen. Zusammen wären wir ein wunderbares Team, was meinst du?«

›Er ist absolut irre‹, schoss es Franja durch den Kopf. Aber sie wollte im Gespräch bleiben. Solange er sprach, tat er nichts Schlimmeres.

»Sollten wir uns einander nicht vorstellen?«, schlug sie in munterem Tonfall vor. »Von mir gibt es ja nicht mehr viel zu berichten, da du anscheinend sowieso schon alles über mich weißt. Jetzt bin ich aber neugierig, wer du eigentlich bist.«

Der Schwarze schwieg und versank noch tiefer im Schatten des Ofenwinkels.

»Ich bin der Regionalleiter Südwest«, knarrte es schließlich mit deutlichem Widerstreben aus den Tiefen der Kapuze.

Das war zwar eine Art Auskunft, aber befriedigend war sie nicht.

»Willst du die Jacke nicht ausziehen?«, fragte Franja und brachte das Gespräch damit wieder an sich. »Das muss doch höllisch warm sein, so direkt am Ofen.«

»Höllisch, nun ja, … das kann man auch ganz anders sehen. Nein, die Jacke lasse ich lieber an.

Sei froh, wenn ich dich mit meinem Anblick verschone.«

›Er hat Komplexe‹, entschied Franja. ›Vielleicht ein Vertreter oder ein Sachbearbeiter im Callcenter, auf jeden Fall ein bedeutungsloses, subalternes Rädchen in irgendeiner Hierarchie. Einer, der täglich getreten wurde, aber gleichzeitig getrieben von substanzlosen Größenfantasien. Vielleicht ein heimlicher Sadist, der sich auf Kosten hilfloser Frauen wichtigmachte, ihre Wehrlosigkeit und Verwirrung genoss. Da war er bei ihr aber ganz entschieden an die falsche Adresse geraten. Regionalleiter. Pah! Heutzutage führte doch jeder Wicht die Bezeichnung Chief oder Officer im Wappen!‹ Sie goss sich noch einen Schluck der bernsteinfarbenen Flüssigkeit ein. Das Zeug wärmte und machte sie mutig.

»Regionalleiter – schön und gut – aber du wirst doch auch einen richtigen Namen haben«, insistierte Franja und wagte einen ziemlich schrägen Blick in seine Richtung. Der Fremde seufzte. Es klang wie ein Windzug, der über einen Hohlraum fährt.

»Man nennt mich selten bei meinem richtigen Namen«, klang es aus der Kapuze. »Man gab mir scherzhaft den Namen Hein, manche nennen mich auch Gevatter, in Liedern singt man von mir als dem Schnitter. Aber mein eigentlicher Name ist …«

»Tod«, flüsterte Franja und rutschte auf der Ofenbank ein Stück nach links. Weit kam sie nicht, denn da kam die Wand, eine erschreckend kalte Wand. »Das kann doch nicht wahr sein«, stieß sie hervor.

»Ja, das sagen die meisten, wenn ich mich ihnen vorstelle.« Ein leises Bedauern schien in seiner Stimme mitzuschwingen. »Ich werde oft verkannt.«

»Und weswegen ich?«, warf Franja ein und wusste gleichzeitig, wie wenig originell auch diese Frage auf ihn wirken musste.

»Sabine hat genauso reagiert«, antwortete er sanft. Franja erschrak. Sabine war nicht nur eine Kollegin aus dem Autorinnen-Netzwerk ›Killing Ladies‹, sondern auch eine gute Freundin gewesen. Vor zwei Monaten war sie gestorben. ›Plötzlich und unerwartet‹, hatte in der Todesanzeige gestanden, nachdem sie eines Morgens mit einem friedlichen Lächeln im Bett gelegen hatte, so, als wäre sie nur ein wenig zu tief eingeschlafen. *Ent*schlafen nannte man das, und der Leichenbeschauer hatte auf dem Meldezettel ›Todesursache unklar‹ angekreuzt, da Sabine noch viel zu jung zum Sterben sei. Keine Vorerkrankungen bekannt, kein Abschiedsbrief auffindbar, die Haustür nicht abgeschlossen, ansonsten aber keine Spuren. Nichts, absolut nichts. Unter literarischen Gesichtspunkten hätte Sabines mysteriöser Tod genügend Stoff für einen Kurzkrimi geboten und die befreundeten Krimiautorinnen hätten sich normalerweise genüsslich auf ein solches Ereignis gestürzt. In der Realität verbot sich das. Die Regionalgruppe der ›Killing Ladies‹

schaltete eine gemeinsame Todesanzeige. Schock und Pietät diktierten eine konventionelle Aufmachung.

»Herzversagen«, hatte der Pathologe bilanziert, nach Sabines Zigarettenkonsum sowie nach Stressfaktoren gefragt und mit Blick auf das Geburtsjahr der Verstorbenen hinzugesetzt: »Tragisch, so jung stirbt man heutzutage doch nicht mehr.«

»Gibt es hier auch etwas Nicht-Alkoholisches«, unterbrach der Tod Franjas wirre Gedankengänge.

»Ja, sicher. Ich hole Wasser. Sofort.« Sie fuhr sich durch die rote Lockenmähne, tappte mit weichen Knien in die Küche, huschte aber sofort durch die Speisekammer in die Diele. Er wusste ja viel, aber diesen zweiten Ausgang kannte er hoffentlich nicht. Franja war sich jedoch vollkommen im Klaren darüber, dass ein Fluchtversuch keinen Sinn machte. Die uralten Dielen im Flur knarrten entsetzlich. Er würde sie hören, noch bevor sie an der Haustür war. Und vielleicht würde er dann sehr, sehr böse werden.

Trotzdem musste sie unbedingt Hilfe holen. Dieser Typ war ein gefährlicher Psychopath und wer wusste, was ihm noch alles einfiel. Das Telefon stand zwar unerreichbar im Büro, aber das Handy steckte in der Ladestation auf dem Tischchen neben der Garderobe. Bis dorthin waren es nur zwei Schritte, und weiter vorne knarrten die Dielen auch nicht ganz so schlimm. Sie brauchte nur ein wenig Glück. Es konnte gelingen. Franja nahm all ihren Mut zusammen und schlich auf Zehenspitzen hinaus. Alles blieb ruhig. Sie streckte den Arm, die Fingerspitzen weit gespreizt – jetzt nur nicht das Gleichgewicht verlieren! Sie angelte nach dem Gerät, bekam aber nur das Kabel zu fassen, zog vorsichtig und es ging überraschend leicht. Die Ladestation kam ins Rutschen und polterte zu Boden. Ihr Herz blieb stehen. Die Stubentür schwang auf.

»Suchst du etwa das hier?« Er hielt ihr Handy hoch und ließ es dann in den Tiefen seiner Jackentasche verschwinden. Sie stand da wie ein ertapptes Kind, das schlappe Ladekabel in der Hand. Franja senkte den Kopf.

»Ich hole dir ein Glas Wasser«, sagte sie kleinlaut und er nickte befriedigt.

»Braves Mädchen«, knarrte er. »Lass mich nicht so lange warten, wir haben noch einiges zu besprechen.«

Sie brachte es nicht über sich, ihm das Glas zu reichen, sondern stellte es in Griffweite neben ihn auf die Ofenbank. Er nahm es, trank in einem tiefen Zug. Man hörte keinerlei Schluckgeräusche, sondern es klang, als fiele das Wasser klatschend in einen tiefen Brunnen.

»Was meinst du, warum ich hier bin?«

»Um mich zu holen?« Ihre Stimme zitterte. Sie musste das Spiel mitspielen, so viel war klar, aber wie weit würde er gehen?

Der Tod machte eine wegwerfende Handbewegung.

»Mach dir keine Sorgen. Ich sagte doch bereits, wir gehen nicht zu mir – noch nicht«, setzte er ohne Mitleid hinzu. »Wie gesagt«, er stellte das Glas ab. »Ich bin Regionalleiter Südwest. Kannst du dir vorstellen, was das bedeutet?«

Fragend schob Franja die Unterlippe vor. Die Kapuzengestalt erhob sich und begann mit großen Schritten in der Stube auf und ab zu marschieren. In belehrendem Tonfall erörterte der Tod die demografische Situation in Deutschland im Allgemeinen und in Baden-Württemberg im Besonderen.

»Wusstest du, dass die Menschen im Südwesten die höchste Lebenserwartung bundesweit haben?«, fragte er Franja.

Sie wagte eine Anmerkung: »Das ist doch erfreulich. Ich sehe darin nicht das geringste Problem!«

Er kam näher, so nah, dass Franja ängstlich zurückwich.

»Ist das wirklich deine Meinung?«, fauchte er und Grabeskälte wehte sie aus der Kapuze heraus an. »Jetzt pass aber mal gut auf, was die Menschen für einen himmelschreienden Blödsinn treiben: Sie achten auf ihr Cholesterin, sie essen kein rotes Fleisch mehr, grillen ihre Haut weder in der Sonne noch auf der Sonnenbank, rauchen keine Zigaretten und trinken kaum noch Alkohol – wo soll das denn hinführen? Die Menschen werden nicht nur immer älter, sie sterben auch noch viel gesünder.«

Franja dachte an ihren geliebten Whisky, die Sahnetorte in der Gefriertruhe und an das Päckchen Zigarettentabak zum Selberdrehen in der Schreibtischschublade. Zumindest hatte sie ein paar Argumente, die ihm gefallen dürften.

Der Schwarze fuhr fort: »Und das Schlimmste ist, wenn sie bei uns ankommen, dann haben sie noch gar nicht richtig gelebt. Früher waren die Alten lebenssatt, müde und zufrieden, wenn man sie holte, aber heute – «, er griff sich in echter Verzweiflung an den Schädel, rückte aber schnell wieder die Kapuze zurecht. »Heute haben die Kunden eine unglaubliche Anspruchshaltung entwickelt. Die Alten haben ja reichlich Lebenserfahrung und sind gewohnt, dass sie kriegen, was sie wollen. Wenn die bei uns ankommen, dann wollen sie endlich mal so richtig auf den Putz hauen – und ständig höre ich dieses blöde Argument: Was soll's – ich habe ja jetzt nichts mehr zu verlieren.«

»Na und?«, fragte Franja. »Wo ist denn das Problem? Warum sollen sie es denn nicht ein wenig lustig haben – so nach ihrem Tod?«

»Ja verstehst du denn nicht?«, ereiferte er sich. »Wir sind ein Traditionsunternehmen und auf solche Abläufe gar nicht eingerichtet. Das können wir weder personell noch organisatorisch bewältigen. Die ersten Mitarbeiter klagen schon über Burnout – und Besserung ist nicht in Sicht. Kannst du dir vorstellen, was es bedeutet, fast nur noch solche Seelen angeliefert zu bekommen, die noch den Krieg mitgemacht haben? Die haben dem Russen getrotzt und gelernt mit periodisch ange-kündigten Weltuntergängen zu leben: Kuba-Krise, globaler Finanzcrash, Nahost-Konflikt, Klima-wandel und Stuttgart-21. Die sind nur noch all-in-clusive verreist und haben echt *alle* Tricks drauf. Meinst du wirklich, solche Menschen kannst du noch durch irgendetwas erschrecken?«

Seine ansonsten so emotionslose Stimme wurde rau, er hüstelte und nahm einen Schluck Wasser. Dann fuhr er fort: »Nein, die sind ausgebufft, extrem gewieft und als Fernreisende mit allen Was-sern gewaschen; wenn sie bei uns ankommen, dann schauen sie sich nur mal kurz um und das Erste, was sie dann üblicherweise verlangen – sie wollen – du wirst es nicht glauben: Sie verlangen ein Beschwerdebuch! Und dann diese Links-Akti-visten, diese Gewerkschafter und Alt-Achtund-sechziger: Du kannst dir nicht vorstellen, wie diese Gruppe die Unterwelt aufmischt! Kaum sind sie da, bilden sie Initiativausschüsse und Interessenver-bände, organisieren sich und ...«, seine Stimme sank zu einem gespenstischen Wimmern herab: »Wenn sie nicht kriegen, was sie wollen, dann organisieren sie Sitzstreiks! So kann es auf keinen Fall weitergehen. Die ganze Altersstruktur ist durcheinandergeraten. Was wir dringend brau-chen, ist junges Blut.«

Bei aller Angst konnte sich Franja ein Grinsen nicht verkneifen.

»Verrückte Welt«, sagte sie.

»Unter-Welt«, berichtigte er und ergänzte: »Überall sieht es ja keineswegs so aus; in anderen Regionen können wir uns vor jungen Toten kaum retten, aber gerade meine Abteilung – wie gesagt, der Südwesten Deutschlands. Ich stehe gewaltig unter Druck.«

Er wiegte seinen Schädel, die Kapuze rutschte wieder nach hinten und Franja erkannte schaudernd den Schädel, der matt schimmerte wie uraltes Elfenbein. Nachdenklich wog sie das schwere Glas in ihrer Hand. Sie hatte nur wenige Schlucke getrunken. Es war kein Trugbild, das der Whisky ihr vorgaukelte. An seiner Identität bestand nicht der geringste Zweifel. Und noch niemals vorher hatte Franja sich so nüchtern gefühlt.

»Kannst du dir immer noch nicht denken, warum ich hier bin?«, wiederholte er seine Frage und rutschte ein wenig näher zu ihr. »Offengestanden – man ist ja auch in meinem Metier nicht ganz frei von Begehrlichkeiten.«

»Nur, damit es kein böses Erwachen gibt«, erwiderte Franja hastig. »Ich werde ständig jünger geschätzt. Ich sehe überhaupt viel jünger aus, als ich bin, das kommt nur davon, dass ich mir die Haare färbe, ganz ehrlich.« Sie verstummte.

»Wie alt bist du denn«, fragte er sanft.

»Siebenundfünfzig«, log sie. Und er lehnte sich zurück.

»Kaum zu glauben, siebenundfünfzig und so gut gehalten. Man könnte glatt glauben, dass du zehn Jahre jünger bist – mindestens. Eigentlich bin ich ja auf der Suche nach jüngeren Opfern, aber wenn ich dich so betrachte ...« Er grinste hässlich. »Bei einer so hübschen Lady könnte ich doch glatt eine Ausnahme machen. Frei nach dem Motto: Der Spatz in der Hand ist besser als die Taube auf dem Dach, oder was meinst du?«

Langsam zog seine knöcherne Hand das rote Büchlein hervor und Franja schlug sich vor die Stirn.

»Mist«, fluchte sie. »Das habe ich total vergessen.«

»Genau«, flüsterte er heiser. »Versuch nicht noch einmal, mich zu belügen. Hier steht sowieso alles drin.« Er blätterte suchend. »Sieh mal einer an. Mit meiner Schätzung lag ich gar nicht so weit daneben. Fünfundvierzig Jahre – also im besten Sterbealter, was meinst du? Falls du in Zukunft nicht bei der Wahrheit bleibst, Schätzchen, könnte es sein, dass ich mich vergesse. Manchmal kann ich unglaublich impulsiv sein. Vergiss nie – wer sich in Gefahr begibt, der kommt darin um.«

Franja nickte beklommen. Offenbar gab es nicht den geringsten Anlass an seinen Worten zu zweifeln. Dennoch ging ihr seine Neigung zu Sinnsprüchen mittlerweile gewaltig auf die Nerven.

Der Tod setzte sein Lamento fort: »Früher – in den guten Zeiten – als sich jeder endlich ein eigenes Auto leisten konnte, da fuhren wir ein paar Jahrzehnte lang fette Beute ein. Es gab noch keine Sicherheitsgurte, kein Sicherheitsglas und es galt der Spruch: Freie Fahrt für freie Bürger.« Genießerisch schnalzte der Tod mit den trockenen Lippen. »Aber das ist lange vorbei«, seufzte er. »Wahrscheinlich werden sie demnächst sogar die Promillegrenze im Straßenverkehr noch weiter runtersetzen – da ist für uns kaum noch was zu holen.«

»Ja, ja«, seufzte Franja. »Mit dieser Meinung bist du nicht allein. Es stört viele, dass der Staat seine Bürger immer stärker bevormundet. Man spricht mittlerweile sogar vom deutschen Wutbürger.«

»Aber was habe ich davon!«, ereiferte sich der Tod. »Wutbürger – wenn ich das schon höre. Alles Fake! Die paar Einzelfälle werden in der Presse gnadenlos hochgespielt und – *huh!* – alle zittern vor Angst! So etwas spielt sich doch nur in der virtuellen Welt ab. Schau doch mal in die Kriminalstatistik: Noch nie war Deutschland sicherer als heute. Und selbst hoffnungsvolle, junge Menschen mit Potenzial werden von dieser Gesellschaft inzwischen völlig verdorben: Das fängt damit an, dass sie in Brennpunktschulen flächendeckend Konflikttrainings und Streitschlichter anbieten. Wer soll denn da aus eigener Kraft den Einstieg in eine wirklich gewaltbereite Zukunft schaffen? Wir sind doch auf dem besten Weg in eine pazifistisch-empathische konfliktbereinigende Gesellschaft, frei von Wut und Hass und anderen starken Leidenschaften – das ist doch irre, oder?«

»Vielleicht ist es auch ganz einfach nur gesünder«, erwiderte Franja trocken und wusste unmittelbar, dass diese Äußerung ein grober Fehler gewesen war.

Seine Augen glühten grünlich.

»Du bist wohl auch der Meinung, es reicht vollkommen aus, wenn starke Leidenschaften zwischen die Buchdeckel eines Kriminalromans eingeklemmt werden«, zischte er verächtlich. »Das ist doch eine völlig verfehlte gesellschaftliche Entwicklung. Wenn man den Tod aus dem Leben verbannt – wo bleibt dann das Salz in der Suppe? Wird dann nicht alles, was wir eigentlich mit vollen Sinnen genießen sollten, zu einem faden Einheitsbrei? Denkst du, dass es reicht einen Krimi zu lesen, um echte, starke Gefühle zu haben? Das ist doch vollkommen absurd!«

Franja musste ihn unbedingt beruhigen, bevor er noch wütender wurde.

»Die Gesundheitsreform«, warf sie hastig ein. »Denk doch mal an die Gesundheitsreform. Sind wir nicht auf dem Weg in die schönste Zwei-Klassen-Medizin? Das treibt doch auch die Sterberaten bei den Jüngeren hoch.«

»Ja, ja«, gab er unwillig zurück. »Das stimmt schon. Aber bei gesellschaftspolitischen Prozessen braucht man einen langen Atem; das geht nicht so hoppla-hopp von heute auf morgen. Was wir aber brauchen, ist ein Sofortprogramm.«

»Leihseelen«, warf sie schüchtern ein, »Asylanten?« Und Franja schämte sich, wie korrumpierbar sie war, wie schnell sie alle Ideale aufgab, um ihr erbärmliches kleines Leben zu retten. Aber sie hing nun mal an ihrem kleinen, vollkommen bedeutungslosen Leben – sie hatte nur das eine.

»Die meisten Asylanten werden heutzutage wieder abgeschoben«, knurrte der Tod. »Da ist nichts für mich zu holen. Und die paar, die hier bleiben, integrieren sich möglichst rasch, gewöhnen sich dann auch das Rauchen ab und werden genauso alt wie der Durchschnitt. Das ist keine Lösung.«

Mit unverhohlener Gier starrte er sie an.

Nachdem Franja ihre Gesichtszüge wieder unter Kontrolle hatte, nahm sie einen erneuten Anlauf, das Gespräch in konstruktive Bahnen zu lenken: »Kann ich vielleicht irgendetwas für dich tun? – Außer zu sterben!«, setzte sie hastig hinzu, damit er nicht wieder auf dumme Gedanken kam.

»In der Tat, das kannst du«, antwortet er und betrachtete seine Fingernägel. »Immer diese Trauerränder«, seufzte er. »Die bekomme ich gar nicht weg.«

»Passt doch irgendwie zu dir – oder findest du nicht?«, behauptete sie keck.

»Jetzt mach mal keine billigen Witze«, knurrte er. »Dazu besteht nicht der geringste Grund. Du kannst doch gut schreiben, oder?«

»Schreiben ist mein Job, ich wäre ja schön blöd, wenn ich mir gerade diese Arbeit ausgesucht hätte und nicht mit Sprache umgehen könnte.«

»Kannst du denn von deinen Büchern leben?« Sein Tonfall war einschmeichelnd und dennoch gemein.

Entnervt hob sie die Schultern. »Nach drei Whiskys bilde ich es mir manchmal ein«, gab sie zu.

»Und wenn du ehrlich bist?« Er konnte unglaublich hartnäckig sein.

»Wenn du sowieso alles weißt, was fragst du dann so blöd?«, gab sie schnippisch zurück. »Die wenigsten Autoren können von ihren Büchern leben, das weißt du doch genauso gut wie ich.«

»Ja, ja«, seufzte es hohl aus der Kapuze. »Zuwenig zum Leben und zu viel zum Sterben, stimmt's?« Wenn er noch einen seiner überheblichen Sprüche abließ, dann würde sie sich vergessen, soviel war sicher. Auch Franja konnte impulsiv sein und das wäre doch gelacht, wenn sie es nicht schaffen würde, diesem klapprigen Gerippe die Knochen durcheinanderzuschütteln. Sie goss sich wieder einen kräftigen Schluck ein. Eine dürre Hand nahm ihr das Glas ab.

»Du solltest nicht so viel trinken«, mahnte der Tod. »Das geht auf die Leber und verkürzt dein Leben.«

Angewidert roch er am Glas und schob es außer Reichweite. »Du brauchst einen klaren Kopf«, stellte er sachlich fest. »Sonst bist du für mich unbrauchbar. Aber ehrlich gesagt, ich könnte allmählich auch einen Schluck vertragen ... Hast du denn wirklich nichts im Haus, was die Nerven beruhigt und den Kopf trotzdem klar macht?«

Franja überlegte fieberhaft.

»Doch«, meinte sie schließlich. »Das habe ich tatsächlich – aber dann müssen wir in die Küche gehen.«

Er erhob sich mit knirschenden Kniescheiben.

»Nur zu«, ermunterte er sie und Franja ging wieder einmal voraus. Offensichtlich liebte er es, dicht hinter ihr herzugehen, so dicht, dass Franjas Nackenhaare sich in seinem kühlen Atemhauch aufstellten. Die Küche war unaufgeräumt, wie immer, die Katze saß auf dem Fensterbrett, schaute in die Nacht hinaus und tat unbeteiligt. Franja war froh, dass sie nicht mit dem Tod alleine war und hoffte, dass die Katze starke Nerven hatte. Mit zitternden Händen zog sie den Schub des Apothekenschrankes heraus und kramte in einer Holzschachtel.

»Weiß oder schwarz?«, fragte sie.

»Wie bitte?«

»Na ja, weiße oder schwarze Schokolade?«

»Schwarz passt besser zu mir, findest du nicht auch?«, gab er kokett zurück und Franja musste ungewollt grinsen.

»Also, dann nehmen wir mal etwas Extravagantes. Schwarze Herrenschokolade mit Chili. Genau richtig für starke Männer.«

War sie eigentlich wahnsinnig? Jetzt flirtete sie schon mit dem Tod höchstpersönlich. Während Franja ihre negativen Gedanken zurückdrängte, wärmte sie vorsichtig die Milch in einem hohen, schmalen Kochgeschirr und schüttete das sorgfältig bemessene Pulver hinein.

»Jetzt muss es in der Milch schmelzen«, verkündete sie, und der Tod schaute ihr neugierig über die Schulter.

»Würde es dir etwas ausmachen, dich von mir fernzuhalten?«, bat sie und nahm dafür ihren ganzen Mut zusammen. »Wenn du mir so nahe kommst, fange ich schrecklich an zu frieren.«

»Dann brauchst du auch heiße Schokolade«, erklärte der Tod liebenswürdig und erforschte den Inhalt des Holzkastens.

»Da, für dich«, sagte er und schnippte ein helles Tütchen über die Arbeitsplatte. »Weiße Schokolade mit einem Hauch von Honig und Zimt – das beruhigt die Nerven.«

Franja hantierte inzwischen mit einem Quirl, prüfte die Temperatur, schäumte die Milch auf und schüttete das Ganze in eine hohe Henkeltasse.

»Bitte schön!« Schwungvoll servierte sie ihm das Gebräu und überlegte gleichzeitig, warum sie nicht die Geschicklichkeit ihrer Romanfiguren besaß und eine Messerspitze Arsen hineingeschummelt hatte. Aber solche Gedanken waren müßig. Arsen gab es nicht mehr in der Apotheke um die Ecke und außerdem – konnte man den Tod überhaupt umbringen? Der war doch schon tot.

Mit gleicher Sorgfalt bereitete sie auch eine Portion für sich selbst zu und hob ihre Tasse: »Prost!«

»Unglaublich! Lecker!«, entfuhr es dem Tod, nachdem er zuerst vorsichtig genippt und dann einen herzhaften Schluck genommen hatte. »Schön heiß und scharf und dabei bitter und süß gleichzeitig.«

»Ja«, meinte Franja. »Es schmeckt wirklich überirdisch. Gott sei Dank gibt es auf der Welt noch andere Drogen als Whisky.«

»Aber nun zu unserem Geschäft«, näselte der Tod wieder in gewohnt kalter Stimmlage und stellte seine Tasse auf den Küchentisch. »Wir haben ja bereits festgestellt, dass du von deinen Büchern nicht leben kannst.«

»Stimmt«, gab Franja einsilbig zu.

»Du arbeitest als Ghostwriterin, richtig?«

»Ja, stimmt auch.«

»Du verdienst dein Geld mit dem Schreiben von Reden für Hochzeitsfeiern, Betriebsjubiläen und«, seine Stimme sank zu einem süffisanten Flüstern herab, »vor allem mit dem Verfassen von Trauerreden für nichtkirchliche Beerdigungen.«

»Na und«, begehrte sie auf. »Ich wüsste nicht, was Schlimmes daran wäre.«

»Nein, ganz im Gegenteil!« Der Tod verbeugte sich vor ihr und machte einen altmodisch höfischen Kratzfuß. »Nein, ich muss mich sogar bei dir bedanken, sind wir doch auf dieser Ebene sozusagen bereits Geschäftspartner. Normalerweise hätte ich dich nämlich einfach kurzerhand mitgenommen, wir wären mit dem Auto im Dunkeln gegen einen Baum gekracht und kein Hahn hätte nach dir gekräht. Aber du bist begabt. Dein Talent ist mir aufgefallen und da dachte ich, hm – ob wir unsere Geschäftsbeziehungen nicht sozusagen ein wenig ausweiten könnten.«

»Mir persönlich wäre es aber deutlich lieber gewesen, wenn ein großer Verlag auf mein Talent aufmerksam geworden wäre«, murrte Franja und stocherte im schleimigen Bodensatz ihrer Trinkschokolade herum.

Der Tod ließ sich nicht beirren: »Ich habe mir überlegt, dass du für mich tätig wirst, und zwar nicht erst, wenn ein Mensch bereits verstorben ist, sondern sozusagen – wie soll ich es ausdrücken? – im Vorfeld eines Todesfalles.«

»Wie soll ich denn das verstehen?«

»Ist das wirklich so schwierig? Du sollst nur ein wenig nachhelfen, ein wenig Entscheidungshilfe leisten und die zum Tod Entschlossenen sozusagen auf den rechten Weg bringen ...«

»Sterbehilfe? Meinst du etwa das?«, rief Franja in plötzlicher Erkenntnis. »Wie stellst du dir das vor? Ich bin weder Altenpflegerin noch Krankenschwester – und außerdem sind diejenigen, die dafür infrage kommen, sowieso viel zu alt für dich.«

Erschreckend, wie sie sich auf seine morbiden Gedankengänge bereits eingelassen hatte. Sie nahm einen Schluck Schokolade, die auch abgekühlt noch köstlich schmeckte.

»Darf ich auch mal bei dir probieren?«, fragte der Tod in unschuldigstem Tonfall. Bedauernd blickte er in seine Tasse. »Meine Schokolade habe ich schon ganz ausgetrunken.«

»Ich mach dir noch eine«, sagte Franja versöhnlich. »Du kannst sowieso ein paar Kalorien vertragen – du hast ja fast nichts auf den Rippen.«

»Ja«, sinnierte der Tod. »Das bringt mein Beruf so mit sich, der Stress, ständig dieses Rumgehetze für nichts und wieder nichts, das zehrt.«

»Dann schauen wir mal, was wir noch im Angebot haben«, meinte Franja bedächtig. »Nuss-Nugat vielleicht oder doch lieber weiße Schokolade mit einem Hauch von Vanille?«

»Was ist das denn?« Der Tod zog einen grünlichen Beutel hervor.

»Das ist weiße Schokolade mit japanischem Grüntee-Extrakt, etwas ganz Exklusives. Die Milch färbt sich dadurch giftgrün.«

»Darf ich?« Die Stimme des Todes hatte eindeutig einen bettelnden Tonfall angenommen.

»Klar«, sagte Franja gönnerhaft und machte sich an die Zubereitung. Während sie mit Kochgeschirr und Quirl herumhantierte, schwadronierte der Tod gut gelaunt von ihren zukünftigen Geschäftsbeziehungen. Er verlange von ihr keinerlei Sterbehilfe und wolle auch keinen Einsatz exotischer Gifte – obwohl sie ja auf diesem Gebiet als Fachfrau gelte, wie er augenzwinkernd bestätigte. Nein, kein Gift, jedenfalls nicht im materiellen Sinn. Er hatte eine Liste mitgebracht – darauf waren seitenweise Internetforen todessehnsüchtiger Jugendlicher verzeichnet, die sich dort über die besten Suizidmethoden austauschten und, nach geglückter Tat, virtuelle Friedhöfe unterhielten.

»Das ist eine sehr schöne Entwicklung, die man heutzutage bei jungen Menschen beobachten kann«, stellte der Tod zufrieden fest und nippte begeistert an der giftgrünen Milch. »Aber leider ist das alles viel zu wenig nachhaltig. Diese Teenager haben zu wenig Erfahrung, sie gehen stümperhaft und zögernd vor, meinen es vielleicht doch nicht ernst – lassen sich von der Endgültigkeit eines solchen Schrittes viel zu stark abschrecken; kurz und gut, sie könnten ein wenig tatkräftige Unterstützung durch eine versierte Fachfrau gebrauchen.«

»Und da dachtest du, dass ich ...«, Franja legte sich die Hand aufs Herz, das plötzlich hart und schnell gegen ihre Brustwand schlug.

»Ja, genau«, bestätigte der Tod eifrig. »Du loggst dich unter verschiedenen Pseudonymen in diese Foren ein. Was hältst du vom Decknamen ›Schwarze Rose‹ oder ›Fade-Away‹ - bei Künstlernamen kann man ja der Fantasie freien Lauf lassen. Du begleitest sie ein wenig in ihrem

Entscheidungsfindungsprozess, gibst Tipps – sozusagen ein morbides Coaching – und du wirst es noch nicht einmal umsonst machen: Selbstverständlich werden wir dafür sorgen, dass deine Aufträge für Trauerreden boomen werden. Was hältst du davon?«

Franja begann die Katze zu kraulen.

»Entschuldige bitte«, flüsterte sie. »Ich muss ein wenig darüber nachdenken.«

Sie nahm das ärgerlich maunzende Tier hoch und presste es gegen ihre Brust, ging wieder in die Stube und sank auf der Ofenbank zusammen. Starke Gefühle täten not, hatte er gesagt und dass der Tod des Lebens Würze sei. Franja geriet ins Grübeln. Gab es nicht in jedem Leben diesen einen, entscheidenden Moment? Diesen Scheideweg, an dem auch sie sich nun befand? Und welche Richtung sollte sie nun einschlagen? Würde sie eiskalt alle Ideale verraten und später mit Erfolg gekrönt werden? Oder würde sie zur Heldin? Ach was, Heldin, dachte Franja aufsässig. Was ist das für ein blödsinniges Heldentum, das still und unerkannt bleibt? Und – was noch viel schlimmer wäre: Sie würde sich in den Augen der Welt doch nur zur kompletten Idiotin machen und bliebe obendrein auch noch absolut erfolglos. Wie hatte er gesagt? Wenn er ihr den Kragen umdrehte, kein Hahn würde nach ihr krähen. Wie scharfsinnig er war! Wie nannte man die Lage, in der sie steckte?

Etwa Lose-Lose-Situation? Sie brauchte unbedingt einen Whisky!

Als sie nach dem Glas griff, trat er lautlos neben sie und schob ihre Hand beiseite.

»Ich sagte doch, dass du jetzt einen klaren Kopf brauchst«, flüsterte er. Seine Zahnreihen hatten sich giftgrün verfärbt. Noch immer hielt er die Tasse mit der Trinkschokolade in der Hand und nippte immer wieder in kleinen Schlucken daran.

»Übrigens«, fragte er. »Kann ich von dem Zeug ein wenig mitnehmen, wenn wir handelseinig geworden sind?«

»Nein«, antwortete Franja mit fester Stimme. »Das Zeug gebe ich nicht her. Das trinke ich ganz allein und ich teile es nur mit ganz besonderen Gästen.«

»Es tut mir gut«, murmelte der Tod fast unhörbar. »Ich spüre eine Qualität in mir, die ich vorher noch nicht kannte. Ich weiß gar nicht, wie ich es beschreiben soll.«

Sehnsüchtig schielte er in seine Tasse, in der die Trinkschokolade allmählich zur Neige ging.

»Trink aus«, forderte ihn Franja auf. »Die grüne Schokolade schmeckt kalt nicht.«

Seufzend leerte der Tod die Tasse und starrte düster vor sich hin. Franja saß nicht minder trübsinnig neben ihm.

Plötzlich hellten sich die Züge des Todes auf. »Ich weiß, du kannst meine Sinnsprüche nicht ausstehen«, meinte er. »Aber wie findest du diesen: Mitten im Leben sind wir vom Tod umgeben.«

Franja zuckte die Achseln: »Keine Ahnung, was du damit sagen willst.«

»Könntest du dir nicht vorstellen, dass auch ich – « Der Tod zögerte, offensichtlich wählte er jedes Wort mit Bedacht. »Dass auch ich – als ein ganz besonders lieber Gast, sozusagen als Untermieter bei dir ...« Er brach ab und schaute Franja flehentlich an.

»Das ist aber jetzt nicht dein Ernst?«

»Doch, genau!« Der Tod nickte so heftig, dass seine

Halswirbel laut klapperten. »Genau das meine ich! – Ich nehme auch nicht viel Platz weg«, setzte er schmeichlerisch hinzu.

Wenn man auch nur die leiseste Ahnung von Schokolade hat, dann weiß man, dass haufenweise Anandamid und Phenylethylamin drinstecken. Ganz ehrlich, man braucht kein Pharmaziestudium, um das zu wissen. Und auch der etwas belesene Laie weiß hundertprozentig, dass diese beiden chemischen Verbindungen nicht nur in Schokolade, sondern auch in Haschisch und Morphium zu finden sind. Sie wirken übrigens direkt auf das Gehirn – und zwar ganz besonders stark auf die Zentren, die zuständig sind für das Glücks- und Lustempfinden. Es gibt Hinweise, dass sie umso stärker wirken, je kleiner das betroffene Hirn ist.

Franja betrachtete nachdenklich den zierlichen Schädel, der sich unter der Kapuze abzeichnete.

»Wie stellst du dir das denn vor?« Ihre Stimme hatte einen zögernden Tonfall.

»Ganz einfach!« Der Tod zog sein rot gebundenes Büchlein aus der Tasche, riss mit energischer Geste ein Blatt heraus und begann zu schreiben.

»Ich bin zwar nicht so begabt wie du«, erklärte er. »Aber für einen Abschiedsbrief dürfte es reichen.«

Franja lugte ihm über die Schulter und las den Text, den er mit sorgfältig gemalten Buchstaben aufsetzte:

Kündigung
Liebe Kollegen in der Unterwelt, wenn ihr diese
Zeilen lest, ist es zu spät. Ich weile dann nicht
mehr unter den Toten.

»Naaa?!«, wandte er sich triumphierend zu Franja. »Was hältst du davon?«

»Darauf müssen wir einen trinken«, antwortete sie. »Darauf – und auf des Lebens süßbittere Würze!«

PANDEMIA – die Seuche

IM TRUGBILD DER HALME
SPITZEN SCHWARZE OHREN
PFÖTCHEN TUPFEN HUMMELSCHATTEN
DAS HAUS IST STILL
MEIN KÄTZCHEN GING
VERLOREN

(ULRIKE BLATTER)

Samstag

Der schwangere Bauch zog Manu nach vorn, und sie konnte nur mit Mühe das Gleichgewicht halten. Der Feldweg war mit harschem Eisbruch bedeckt. Eine lange Reihe gefrorener Pfützen, von den Schritten der Spaziergänger aufgebrochen, wieder gefroren und erneut zersplittert. Der Kleine ließ ihr jedoch keine Ruhe.

»Komm, Mama! Komm doch endlich!«

Sein breites Lachen. So, wie nur Vierjährige lachen können. Ein herrliches, rotwangiges, winterglitzerndes Strahlen. Drehen mit weit ausgebreiteten Armen, mitten im Feld. Sich fallen lassen. Schnee, überall Schnee. Die Welt so weit.

»Komm, Mama! Komm doch her!«

»Ich kann nicht rennen – das weißt du doch!«

»Ich aber – ich kann! Schau mal, wie schnell ich rennen kann!« Und er schaufelte sich durch die pudrigen Massen. Versank bis über die Knie. Sein Schneeanzug als leuchtendroter Fleck in all dem Weiß. Ferrari-Rot – darauf war er stolz. Ferrari-Rot musste es sein. »Sonst gilt es nicht!«, hatte er ihr ernsthaft erklärt.

Manu streichelte ihren Bauch. Sie wollte lächeln, aber der Frost umspannte ihr Kinn, ließ ihr Gesicht erstarren. Februarkälte. Heute Nachmittag waren sie die einzigen Spaziergänger draußen auf den Feldern. Der rote Fleck hatte sich inzwischen ziemlich weit entfernt.

Sie würde ihn rufen müssen.

Sie musste aufpassen, dass er sich nicht erkältete. Hochschwanger, mit einem kranken Kind daheim, das wäre kein Spaß. In der Schule gäbe es auch wieder dumme Bemerkungen, wenn sie fehlen würde. Zu Beginn der Schwangerschaft war sie schon einmal ein paar Wochen ausgefallen. Blutungen. Damals war Frau Herrmann eingesprungen. Aber das könne natürlich kein Dauerzustand werden, hatte der Rektor gesagt. Und die Augenbrauen hochgezogen.

Genau wie Frank. Der hatte die Augenbrauen auch so hochgezogen.

»Das kann doch kein Dauerzustand werden – diese ständige Hetze«, hatte er gesagt. »Du machst dich doch total kaputt. «

Mit ihrer zweiten Schwangerschaft hatten diese Diskussionen angefangen. Diskussionen, die Manu zutiefst zuwider waren.

Würde Manu weiter arbeiten? Oder kündigte sie? Oder bliebe sie drei Jahre zuhause und sähe dann weiter? Manu wollte nicht zuhause bleiben. Ihre Teilzeitstelle im Schulsekretariat der Grundschule war ideal zu vereinbaren mit den Öffnungszeiten sämtlicher Kindergärten. Sie hatte eine wunderbare Tagesmutter. Manu liebte ihre Arbeit und es machte sie wahnsinnig, daheim herumzusitzen.

»Was heißt hier herumsitzen? Du beklagst dich doch immer, dass dich die Hausarbeit auffrisst.

Lass es mal langsamer angehen. Wenn das Baby erst mal da ist, hast du schon genug zu tun.«

Er würde sie nie verstehen.

Es war sowieso egal, wieviel Zeit sie investierte – das Haus sah trotzdem immer unordentlich aus. Corinna, ihre beste Freundin, hatte es wirklich auf den Punkt gebracht als sie sagte: »Glaubst du vielleicht, ich werde mal in den Himmel kommen, weil meine Fenster immer so gut geputzt waren?«

Corinna ging nicht arbeiten. Dabei hatte sie nur ein Kind. Und keinen Mann. Zumindest nicht in ihrer Wohnung. Corinna war anders. Die nahm alles leichter. Irgendwie. Vielleicht hatte ihr Kind deshalb einen italienischen Namen: Giannina, die rothaarige, zuckersüße Hexe mit Sommersprossentupfen, die übers ganze runde Gesicht verteilt waren. Ein Jahr älter als der kleine Ferrari-Fan. Manu war bei Gianninas Taufe schwanger gewesen. Voller Rührung hatte sie das Baby im Arm gehalten. Ihr erstes und bisher einziges Patenkind. Bald, hatte sie gedacht. Bald. Das ganze Leben war damals ein einziges Versprechen gewesen.

Manu und Corinna waren schon in der Schule Freundinnen gewesen. Hatten sich aus den Augen verloren. Waren zufällig in dieselbe Stadt gezogen und hatten sich wiedergefunden.

Corinna lebte immer noch in der Stadt. Altbauwohnung, hohe Decken, die schlecht schließenden Fenster mit Decken gegen Zugluft abgedichtet, Blumenkästen mit vertrocknenden Geranien statt

Garten. Der Spielplatz um die Ecke lag an einer verkehrsreichen Straße, und der Sandkasten war voller Hundekacke. Drei Jahre Mutterschaftsurlaub und Unterhaltsvorschuss. Danach würde sie weitersehen.

Manu lebte seit einem halben Jahr am Stadtrand. Neubaugebiet. Reihenhaus. Nein, Reihenendhaus. Die Illusion eines freistehenden Hauses, das sie sich nie würden leisten können. Denn die Immobilienpreise waren explodiert. Der Garten eine Schlammwüste. Im Frühjahr würde es besser werden. Dann würden sie eine Schaukel aufstellen. Der Kleine fand den Garten auch jetzt schon herrlich.

Eigentlich müsste Frank es schätzen, dass Manu zum Familieneinkommen mit beitrug. Denn der Kredit drückte. Mit zwei Kindern war es einfach besser, draußen auf dem Land zu leben. Weit weg von Lärm und Verkehrschaos. Und im Sandkasten lag auch keine Hundekacke. Der wurde nämlich abends abgedeckt. Sicher, die Wege waren jetzt weiter. Ohne Zweitwagen ging es nicht. Alle Mütter waren ständig mit den Autos unterwegs. Jeden Morgen kutschierten sie die Kinder zur Schule. Kurz vor Acht gab es wochentags immer einen richtigen Stau auf der Hauptstraße. Nur Merves Mutter kam immer zu Fuß. Die hatte nämlich keinen Führerschein. Manu bezweifelte, ob sie überhaupt lesen konnte. Aber das besorgte inzwischen ihre

Tochter. Manu lächelte beim Gedanken an Merve, die kluge Achtjährige.

Manu fröstelte. Sie rief den Kleinen. Der kam. Ganz ohne Widerspruch. Er schleppte einen Eiszapfen hinter sich her, der war so lang wie ein Schwert.

»Kalt?«

Er nickte stumm. Zeigte widerstrebend sein linkes Hosenbein. Das war mit schwarzem Schlamm bedeckt. Der ehemals ferrari-rote Stoff steif gefroren.

»Bist du eingebrochen?«

Blick zum Boden. Ferrari-rote Ohrmuscheln.

»Da hinten am See. Ich wollte doch bloß rausfinden, ob Fische im Eis eingefroren sind.«

Fische schlafen im Winter auf dem Grunde des Sees. Sie schlafen im Schlamm. Sie atmen kaum. Sie schlafen. Wenn man das Eis aufbricht, erschrecken sie. In ihrer Panik verbrauchen sie zu viel Sauerstoff. Und dann sterben sie.

All das erzählte Manu ihrem Sohn nicht. Stattdessen packte sie ihn am Ärmel.

»Aua, das tut weh!«

»Stell dich nicht so an. Das tut nicht weh. Wir müssen jetzt rasch nach Hause. Mit nassen Füssen erkältest du dich. «

»Ich habe aber nur einen Fuß nass!«, maulte der Kleine. Zögernd setzte er sich in Bewegung und schlurfte betont langsam durch den Schnee.

»Los, lauf endlich! Damit dir wieder warm wird!«

»Och, Mama!«

Leise begann es zu schneien. Manu hielt ihren Bauch mit beiden Händen. Der Kleine trottete neben ihr und zog den großen Eiszapfen hinter sich her. Ihre Fußstapfen liefen nebeneinander. Dazwischen, wie eine Schnittlinie, die Spur des Eiszapfens. Als Manu sich nach einigen Minuten umwandte, hatte Neuschnee bereits alle Spuren ausgelöscht.

Daheim legten sie den Eiszapfen auf die Fensterbank vor dem Küchenfenster.

»Damit er nicht schmelzt«, erklärte der Kleine.

»Schmilzt. «

»Sag ich doch. «

Seine nassen Fußstapfen führten vom Gang in die Küche und wieder zurück auf den Gang. Schneeanzug und Stiefel flogen in die Ecke. Manu bückte sich. Seufzte theatralisch.

»Aaauuaachachach!«

»Komm, Mama, ich helfe dir tragen!« Ganz kleiner Kavalier. Ganz Beschützer. Von wem er das wohl abgeschaut hatte?

Das Haus roch immer noch neu und fremd. Obwohl alle Möbel an ihrem Platz standen, schien es Manu schmerzlich leer. Gestern Abend hatte sie sich in die Sofaecke gedrückt und ein großes Kissen wie ein Schutzschild vor den dicken Bauch gepresst. Sie hatte den Kopf demonstrativ sinken lassen, nicht ohne Frank vorher noch einmal vorwurfsvoll anzublicken. Dann hatte sie wieder den Vorhang ihrer Haare vors Gesicht fallen lassen.

»Es dauert diesmal doch nur drei Monate.«

»Nur ...«, knurrte es hinter dem Vorhang. »Dann ist das Kind schon längst geboren. – Warum eigentlich gerade jetzt?«

»Eigentlich ist es gar nicht so weit weg. An den Wochenenden bin ich auch immer bei euch. Versprochen. «

»Was du nicht sagst. Nicht weit weg! »

Es sollte sarkastisch klingen. Aber ihre Stimme hatte gezittert.

»Warum gerade Paris? «

»Himmelherrgott – das kann ich mir doch nicht aussuchen!« Frank war aufgesprungen und hatte in den dunklen Garten gestarrt. In die Schlammwüste. Im Frühjahr würden sie eine Schaukel aufstellen. Manu hatte die Haarsträhnen beiseitegeschoben und Franks Rücken betrachtet. Ein großer Mann mit breitem Rücken. Schultern zum Anlehnen, Hände ... Seine Hände konnte sie nicht sehen. Hände, die überraschend schmal wirkten. Zärtliche Hände. Hände, in die sie sich damals verliebt hatte. Damals.

Sie waren es nicht gewohnt zu streiten. Das hatten sie nie gelernt. Dazu waren sie zu oft voneinander getrennt gewesen. Franks Beruf hatte ihn immer wieder ins Ausland geführt. Ingenieur. Hoch-

und Tiefbau. Am Anfang hatte sie es noch nicht einmal gestört. Sie hatte immer ihr eigenes Leben gehabt. Aber dann war der Kleine gekommen. Und sie hatten das Haus gekauft.

Mit dem neu einsetzenden Bauboom war die Hoffnung aufgekeimt, dass er nun wenigstens nicht mehr ins Ausland müsste. Das hatte sich aber schnell zerschlagen. Spezialaufträge gab es nämlich nicht an jeder Straßenecke. Und Frank verdiente gut. Aber so gut, dass sie sich ein freistehendes Haus leisten konnten, nun auch wieder nicht.

»Du kannst so undankbar sein«, hatte er vor Kurzem gesagt.

»Bitte, Manu. Sei nicht so. Es ist doch unser letzter Abend. Und ... immerhin ist es diesmal ja wenigstens Europa.«

Er hatte zum Fensterglas gesprochen. Drehte sich nun zögernd um.

»Ach, vergiss es!« Manu stand auf und schleuderte das Kissen in die Sofaecke. Ihr rundes Gesicht war mit roten Flecken bedeckt, die sich langsam bis auf den Hals ausbreiteten. Ihr Bauch stand wie ein Bollwerk zwischen ihnen. Frank hob die Hände und ließ sie langsam wieder sinken.

»Manu, bitte.«

»Alles für den Job! Alles, alles, alles!« Nein, sie hatte nicht geschrien. Sie wollte den Kleinen nicht wecken.

»Denkst du vielleicht, sie danken dir die Buckelei? Werfen die dich etwa nicht raus, wenn der Profit nicht mehr stimmt? Und komm mir jetzt bloß nicht mit einem Scheiß-Sozialplan. Denkst du vielleicht, wir sind in irgendeiner Weise geschützt – bloß, weil wir so nette Mitbürger sind, mit einem netten Häuschen und netten kleinen Kindern und einem Kleinwagen – und einem gar nicht so kleinen Kredit? Glaubst du das wirklich?« Und dann – ganz großer Abgang, lässig über die Schulter gezischt: »Wenn der Abschwung kommt, bist du demnächst wahrscheinlich froh, dass deine Frau einen krisensicheren Job hat!«

Wann Frank ins Bett gegangen war, oder ob er die Nacht sogar im Wohnzimmer verbracht hatte, wusste Manu nicht. Sie war jedenfalls zu ihrem Sohn ins Bett gekrochen und fast augenblicklich eingeschlafen. Sie wurde erst wach, als es draußen schon hell war. Der Kleine hatte sich quergelegt, und seine warmen Füßchen lagen mitten auf dem Berg, der ihr Bauch war. Als sie in die Küche kam, war Frank schon weg gewesen. Auf dem Tisch hatte ein Zettel gelegen: Ich liebe euch.

Inzwischen war der Kleine aufs Sofa geklettert und hatte sich in die blaue Wolldecke gekuschelt. Sofort griff er nach der Fernbedienung, mit der er schon ziemlich gut umgehen konnte, auch wenn es mit der Senderauswahl nicht immer klappte. Manu kniete am Boden und stopfte die Kinderstiefel mit Zeitungspapier aus.

»Ganz nass«, klagte sie.

Sie hob die Wolldecke hoch und erschrak: Die Kinderfüße waren eiskalt, schneeweiß, mit bläulichen, blassen Flecken, die Zehenspitzen dunkelrot. Vorsichtig, als handelte es sich um äußerst zerbrechliche Gegenstände, nahm Manu die Füßchen in die Hände und begann, sie mit ihrem Atem zu wärmen. Wickelte sie dann wieder in die Decke und wollte aufspringen, aber der Bauch war zu schwer.

»Warte Schatz, ich bringe dir heißen Tee! «

»Hab keinen Durst!«, protestierte der Kleine. »Ich will einen Kinderfilm sehen und nicht diese blöden Nachrichten.«

Manu stellte ihm den Kinderkanal ein. Als sie mit der Lieblingshasentasse aus der Küche zurückkam, hatte er schon wieder umgeschaltet.

»Das war ein blöder Film. Aber ich finde keinen anderen. Überall sind nur diese superblöden Nachrichten.«

Manu überhörte die Kraftausdrücke. Sie wollte keinen Streit. Außerdem hatte er Recht. Auf allen Kanälen kamen Sondersendungen. Wie damals nach dem Tsunami. Oder nach den Terroranschlägen in New York. Manu setzte sich auf die Sofakante.

»Trink langsam. Der Tee ist heiß.«

Sie schaute auf den Bildschirm. Nahm wieder seine kleinen kalten Füße zwischen ihre Hände und versuchte sie zu wärmen. Der Kleine blies lustlos in den Tee.

»Kein Durst.«

»Trink das jetzt! Der Tee wärmt dich.«

»Mir ist aber nicht kalt.«

In letzter Zeit war er oft so bockig. Jedes Wort ein Widerspruch. Wie würde das erst werden, wenn das Baby geboren war? Manu seufzte. Von der Meldung hatte sie kein Wort verstanden. Irgendetwas in Asien.

Menschen mit Mundschutz.

Jetzt kamen Börsennachrichten. Unten am Bildschirmrand lief ein Nachrichtenband. Reisewetter. Aktienkurse. Kurznachrichten. Kein Erdbeben. Kein Terroranschlag. Erneuter Ausbruch der Vogelgrippe in Asien. Panik in der Bevölkerung. Millionen Hühner sollten geschlachtet und verbrannt werden. Nichts Beunruhigendes. Das war im letzten Jahr genauso gewesen, und nach ein paar Wochen war der Spuk wieder vorbei. Die Medien bauschten so etwas immer entsetzlich auf.

»Mama, ich bin müde. Darf ich auf dem Sofa schlafen?«

Manu nickte, nahm ihm die Tasse weg. Er hatte kaum etwas getrunken, und der Tee war inzwischen kalt geworden. Sein rundes, weiches Gesicht, hineingekuschelt in bunte Kissen, sein Gesicht, auf das der Frost kreisrunde, rote Flecken gemalt hatte. Wangen, Nase, Kinn. Ein kleiner, müder Zirkusclown.

»Mama? Streichelst du mir die Füße? Die puckern so komisch.«

Manu blieb still sitzen. Im Schlaf lächelte er. Den Fernseher hatte sie leise gestellt. Statt der Stimmen drang nur ein unregelmäßiges Zischen aus den Lautsprechern. Immer noch Bilder von Menschen mit Mundschutz. Der Kleine murmelte etwas Unverständliches. Manu wickelte seine Füße in die Decke und stand vorsichtig auf. Lautlos sprang die grau getigerte Katze auf das Sofa und nahm ihren Platz neben dem Kind ein. Sie würde seinen Schlaf zuverlässig bewachen. Schnurrend legte sich das Tier auf die blaue Wolldecke, genau an die Stelle, an der sich die kalten Füße befanden.

Wenn er wach wurde, wäre er sicher hungrig. Manu hatte noch keinen Plan für das Abendessen. Sie ging in die Küche und öffnete den Kühlschrank.

Nachdem der Kleine endlich eingeschlafen war, begann sich das Baby in Manus Bauch herumzuwälzen. Manu versuchte die kleinen Beulen zu erhaschen, die sich unter ihrer Bauchdecke abzeichneten. Aber das Baby zog jedes Mal seine Händchen und Füßchen schnell wieder zurück. Es war wie ein Spiel. Frank hatte sich immer noch nicht gemeldet.

Manu ging ins Wohnzimmer, schüttelte die blaue Wolldecke aus und widerstand der Versuchung sich aufs Sofa zu legen. Sie hatte sich einen kleinen Arbeitsplatz eingerichtet – eigentlich nicht viel mehr als ein Eckregal, das sie mit einem Rollladen verschließen konnte. ›Damit ich nicht ständig die unerledigte Arbeit sehen muss‹", hatte sie lachend gesagt, damals, als sie das Ding aufstellten.

Viel unerledigten Papierkram gab es nicht. Die Rechnungen waren bezahlt. Das Konto verwalteten sie online. Die Steuererklärung machte Frank ebenfalls am Computer. Manus kleiner Arbeitsplatz war aufgeräumt und blitzsauber. Nun saß sie vor dem schwach leuchtenden Bildschirm und ihre Hände ruhten reglos auf der Tastatur. Der Bildschirmschoner tauchte auf. Eine bunte Reihe von Familienfotos, die Frank an einem ruhigen Nachmittag eingescannt hatte: Zwei Kinderbilder. Manu mit dünnen Zöpfen und Zahnlücke. Frank mit Schultüte. Streng gescheitelt und einen viel zu ernsten Zug um die Mundwinkel. Das Hochzeitsfoto. Sie sahen jung und fremd aus. Ferien am Meer. Manu hochschwanger, im Bikini. Strahlend. Manu, Frank und das Baby. Sie spielten Familie. Ein Bild fehlte noch. Manu hatte es ausgesucht. Der Kleine im Karnevalskostüm. Ein Clown, der mit riesigen Augen vorwurfsvoll in die Kamera starrte. Viel lieber wäre er nämlich Cowboy geworden.

Wegen der Knallpistole.

Bald war wieder Karneval.

Frank hatte versprochen das Bild vom kleinen Clown zusammen mit dem Bild vom neuen Baby in den Computer einzuprogrammieren. Das Baby war inzwischen müde geworden und ließ sie in Ruhe. Manu tippte das Passwort ein. Keine neuen E-Mails. Manu fuhr den Computer runter und griff nach dem Smartphone.

Hallo Frank, bist du gut angekommen? Ich vermisse dich. Kuss, Manu

Sie löschte *Kuss*, schrieb *viele Küsse*, schrieb stattdessen *Gruß*, klickte auf Senden und es tat ihr schon leid, bevor die zwei Häkchen auf dem Display erschienen. Keine Antwort. Manu ging zur Treppe. Im Dunkeln leuchtete das rote Auge des Fernsehers, der in den Stand-by-Modus geschaltet war. Die Katze glitt lautlos durch den Raum und suchte einen Platz zum Schlafen. Sie rollte sich auf der blauen Wolldecke zusammen, die ordentlich zusammengefaltet auf dem Sofa lag.

Es war sehr still.

Sonntag

Um zwei Uhr hörte Manu sein klägliches Weinen. Der Kleine lag mit hochrotem Gesicht im Bett, hatte die Decke weggestrampelt und fantasierte von Monstern im Schrank. Manu nahm ihn in die Arme, aber er wehrte sich: »Lass mich los, Mama. Mir ist heiß. Du musst die Heizung ausmachen und den Schrank abschließen. Sonst kommen die Monster wieder raus. Die Feuermonster. Die wollen mich kochen!«

Es blieb ihr nichts anderes übrig, als an der kalten Heizung herumzuschrauben und mit viel Tamtam den Schrank abzuschließen. Erst dann gab er Ruhe. Fiebermessen ließ er nicht zu, aber das war auch nicht nötig – 38 Grad, schätze Manu. Mindestens. Nachdem sie das Fieberthermometer weggelegt hatte, beruhigte sich der Kleine und schaute sie vertrauensvoll an. Fieber war nicht so schlimm. Kotzen fand er schrecklicher. Im Sommer hatte er mal eine Darmgrippe gehabt. Mit Fieber. Das war das Schlimmste überhaupt gewesen. »Ich muss doch nicht kotzen, Mama?«, fragte er mit einer kleinen, besorgten Stimme.

»Nein Schatz. Das ist nur eine Erkältung. Ich mache dir Wadenwickel und du trinkst viel Tee. Dann geht das schnell wieder vorbei.« Wadenwickel waren scheußlich. Aber immer noch besser als hellroter Fiebersaft. Oder sogar Zäpfchen. Zäpfchen waren am allerekligsten. Aber niemand hatte Zäpfchen erwähnt. Einigermaßen beruhigt drehte er sich wieder zur Wand.

»Mama, meine Nase ist zu. Ich kriege keine Luft.«

Es würde eine unruhige Nacht werden. Genauso gut konnte sie ihn gleich mit zu sich ins Bett nehmen. Der Kleine zog also in Franks Betthälfte um und war zufrieden. Manu tappte auf bloßen Füßen hinunter in die Küche, um Tee zu kochen. Die Katze strich schnurrend um ihre Beine. Manu öffnete die Teedose und streute die Blätter in das heiße Wasser. Der Tee musste zehn Minuten ziehen. Zeit genug, um noch einmal ins Internet zu gehen. Sie griff nach dem Handy und die Push-Nachricht schrie sie mit dicken roten Lettern an: *SUPER-VIRUS jetzt auch in Europa!* Daneben das Bild einer jungen Frau mit dunklen verängstigten Augen über einem blauen Mundschutz und ein kurzer Text: *Offensichtlich ist es zur lange befürchteten Verschmelzung der Erbsubstanz von Vogelgrippe-Virus und dem Virus der sogenannten mexikanischen Schweinegrippe gekommen. Dadurch ist ein für Menschen hochinfektiöses und gleichzeitig hochpathogenes (krankmachendes) sogenanntes Super-Virus entstanden.* Manu klickte auf die Zeile, die weitere Informationen versprach.

Oben rief es: »Mama!«

»Gleich, mein Schatz. Mama kommt sofort!«

Die Zeilen begannen vor ihren Augen zu verschwimmen. Sie fand die Reisewarnungen des Auswärtigen Amtes, las Panorama, Bildergalerie, Rat & Hilfe, wollte auf Panorama klicken, erwischte aber die falsche Zeile und öffnete die Bildergalerie. Starrte ungläubig. Die Küchenuhr piepste. Die zehn Minuten waren um. Von oben hörte sie Weinen. Schwerfällig stieg sie die Treppe hoch, die laubfroschgrüne Thermoskanne und die Lieblingshasentasse in der Hand. Der Kleine wollte jedoch keinen Tee. Er wollte nur Mama. Wie im Reflex hatte sie das Handy ausgeschaltet. Aber das Bild ging Manu nicht mehr aus dem Kopf. Sie versuchte an etwas Schönes zu denken und rief sich die Fotos des Bildschirmschoners ins Gedächtnis: Kinderbilder. Hochzeitsbild. Strandbild. Familienbild. Das fehlende Bild. Es war nicht richtig gewesen, so lange damit zu warten, den Clown einzuscannen.

»Sususu«, summte sie und streichelte vorsichtig sein linkes Ohr. Er glühte. Manu wollte schon lange so ein Thermometer kaufen, mit dem man an der Stirn oder im Ohr messen konnte. Dann würde er sich nicht mehr so panisch gegen das Fiebermessen sträuben. Aber immer war etwas dazwischengekommen. Oder sie hatte es vergessen.

»Sususu.« Er hatte jetzt sicher über 39 Grad. Sie sollte ihm ein Zäpfchen geben. Oder Saft. Aber jetzt, in ihrem Arm liegend, atmete er wieder ruhig. Sie wollte ihn nicht stören. Das Baby wurde wach und reckte sich bis hoch zu Manus Rippenbogen. Dann begann es mit seinen Füßchen zu spielen. Manu konnte es genau spüren. Es fühlte sich so an, als kullerten große Luftblasen unter ihrer Bauchdecke hin und her. Den Kopf bohrte Baby mit drehenden Bewegungen tief in Manus Blase. Manu zog die Beine an und lag ganz ruhig. Wegen der Schwangerschaft war sie nicht gegen Grippe geimpft. Den Kleinen hatte sie jedoch impfen lassen. Der Kinderarzt hatte dringend dazu geraten. Nur wenige Mütter in seiner Kindergartengruppe hatten sich zur Impfung entschlossen. Es hatte heftige Diskussionen gegeben, die Stimmung war zeitweise sogar richtiggehend feindselig geworden. Manus Smartphone vibrierte. Der Kleine atmete unruhig durch den Mund und warf sich hin und her, aber er wurde nicht wach, als Manu den Arm unter seinem Kopf hervorzog. Sie lehnte die Tür an, setzte sich auf die Treppe und tippte auf das Display.

Frank schrieb: *Mach dir keine Sorgen.*

Warum sollte sie sich Sorgen machen?

Aber ich komme hier vorerst nicht raus.

Wieder begannen die Zeilen vor ihren Augen zu verschwimmen. Wahrscheinlich der Kreislauf. Manu fühlte sich müde. Zum Sterben müde. Aus dem Zimmer drang kein Mucks. Vielleicht schlief er sich gesund und das Fieber ging auch ohne Medikamente runter.

Das ganze Hotel steht unter Quarantäne.

Quarantäne? Was hatte das mit ihnen zu tun? Drei pulsierende Punkte signalisierten, dass Frank immer noch schrieb. Manu starrte auf das Display, bis ihr Kopf mit einem schmerzhaften Ruck nach vorne fiel. Hastig klickte sie wieder auf die Nachricht.

Es hat zwei Grippefälle im Hotel gegeben. Mehr weiß ich auch nicht. Gott sei Dank ist der Kleine geimpft. Pass auf dich auf!

Die Buchstaben flimmerten und der nächste Satz tauchte auf wie aus dem Nichts: *Manu, bei unserem Streit habe ich nicht so toll reagiert. Ich hasse es, mit dir zu streiten.*

»Ich auch«, flüsterte Manu.

Wir bringen das wieder in Ordnung, ok?

Manu schrieb *Wir*, löschte das Wort und scrollte sich durch die Emoticons, fand aber nichts Passendes, schrieb: *Wir bringen das wieder in Ordnung*, konnte bei Ordnung aber nur an Berge dreckiger Wäsche denken oder an die nicht abgehefteten Belege für die Steuererklärung, was ihr ein schmerzhaftes Ziehen in der Magengrube bescherte.

Pass auf dich auf.

Ich verstehe das alles nicht.

Ich liebe dich, Manu.

Warum rief er nicht an? Sie hätte jetzt gern seine Stimme gehört. Aber es kam nichts mehr. Auch keine Textnachricht. Vielleicht saß er im Hotelzimmer und starrte ungläubig auf dasselbe Foto wie sie? Dieses Bild aus China. An den Straßenrändern lagen in weiße Tücher eingewickelte Leichen. Viele Leichen. Dazwischen Gestalten in Schutzanzügen, welche die Leichenbündel mit einer Desinfektionslösung besprühten. Es sah unwirklich aus – wie in einem Science-Fiction-Film oder einer Dokumentation über Bio-Waffen. Neongelbe Anzüge mit integrierten Handschuhen und Stiefeln. Plexiglashelme mit Schläuchen, die zu Pressluftflaschen führten. Manu tippte Franks Nummer, aber es kam kein Freizeichen, nur ein bösartiges atmosphärisches Sirren, wie von einer übergroßen Stechmücke.

Frank, kannst du mich anrufen? BITTE! Wie kommt die Seuche nach Paris? Die ist doch in ASIEN. Was hat das mit UNS zu tun?

Diesmal kam die Antwort schnell.

Telefonieren geht nicht, Liebes. Das Netz ist dicht. TOTAL überlastet. Die Flugzeuge transportieren die Viren in alle Welt. Es gibt schon Fälle in New York und Sydney. Steht alles im Netz.

Sie tippte: *Keine Zeit. Der Kleine hat Fieber*, löschte jedoch die Zeilen und schrieb: *Ich werde mich informieren. Melde mich.* Dann das Emoticon mit dem hochgereckten Daumen.

Drei pulsierende Punkte, aber keine Nachricht. Dann brach die Seite zusammen und zeigte nur noch das Logo des Messenger-Dienstes. Manu startete mehrere Suchanfragen, bis sie im Geflimmer des immer wieder einfrierenden Bildschirms den einen Satz entzifferte: *Normale Grippe-Schutz-Impfung schützt nicht vor Super-Virus.*

Vier Uhr.

Der Kleine hatte schon immer schnell Fieber bekommen. Anfangs hatte es ihr Angst gemacht. Er war so unglaublich winzig gewesen. Jetzt nicht mehr so. Er war nicht mehr so winzig – und sie hatte nicht mehr so viel Angst. Nein, das stimmte nicht. Dieser fremde Blick, wenn das Fieber stieg. Als sähe er etwas, das die Erwachsenen schon längst vergessen haben. Dann schien es Manu so, als könne er einfach aufhören zu leben. Dass es für ihn eine Art Spiel sei. Nicht so wichtig. Das machte ihr Angst. Nicht das Fieber.

Manu wusste nur wenig über die Grippe. Vier Uhr morgens, auf der Treppe sitzend, ist ein schlechter Zeitpunkt, um zu lernen. Sie zitterte und ihre Augen tränten, als sie das Smartphone ausschaltete und einen Blick ins Schlafzimmer warf. Der Kleine hatte sich freigestrampelt und das Pyjamaoberteil nach oben geschoben. Sein runder Bauch hob und senkte sich. Er war ein starker kleiner Junge. Er würde die Krankheit überwinden. Und nicht fortgehen. Manu stieg langsam die Treppe hinunter, die eine Hand am Geländer, die andere mit dem stummen Smartphone gegen den dicken Bauch gedrückt. Sie setzte die nackten Füße auf helles, duftendes Kiefernholz. Die Treppe war stabil. Keine Stufe knarrte. Das Holz würde mit den Jahren nachdunkeln. Vielleicht würde das Haus mit den Jahren ein Zuhause. Noch war es zu früh dafür.

Manu tappte quer durch das Wohnzimmer und spürte den flauschigen Teppich unter ihren nackten Füßen. Sie fror entsetzlich, griff nach der blauen Sofadecke und hängte sie sich um die Schultern. Die Katze, die auf der Decke geschlafen hatte, schritt beleidigt in die Küche und machte sich am Fressnapf zu schaffen.

»Komm Minka, komm zu mir«, lockte Manu. Die Körperwärme des Tieres hing immer noch in der

Decke und wärmte ihre Schultern. Die Katze achtete jedoch nicht auf ihr leises Rufen, sprang leichtfüßig die Treppe hoch und verschwand im Schlafzimmer. Manu schaltete den Fernseher ein. Auf dem Bildschirm erschien eine Nachrichtensprecherin. Blazer. Rollkragenpullover. Gedeckte Farben. Lange blonde Haare. Mittelscheitel. Sehr schmal. Sehr ernst. Sehr müde. Hatte sie nicht schon am Nachmittag die Nachrichten verlesen? Diese Moderatorinnen sahen sich alle ähnlich. Auch die Fernsehbilder glichen sich. Menschen mit Mundschutz lagen auf Isolierabteilungen und wurden von Menschen in Schutzanzügen versorgt. Die Betten standen hinter Glaswänden, und die Zimmer konnten nur über eine Schleuse betreten werden. Das war ein Beitrag aus Toronto. Kanada hatte bisher nur zwei Erkrankungsfälle. Kanada konnte es sich leisten, diese beiden Menschen zu isolieren und aufwändig zu versorgen. In Japan ging das schon nicht mehr. Die Übertragung aus Südkorea wurde abgebrochen. Die letzten Bilder zeigten tumultartige Szenen aus einem Krankenhaus. Menschen, die sich schreiend über am Boden liegende Körper warfen und von anderen Menschen weggezerrt wurden. Mütter, die ihre offensichtlich toten Kinder mit sich herumschleppten. Dann legte sich eine Hand auf das Kameraobjektiv. Es gab eine kurze Rangelei. Das Bild wischte über die Decke. Halogenleuchten. Cremefarbene Kunststoffpaneele. Der Linoleumboden. Aus.

Die Nachrichtensprecherin ordnete Papiere. Eine Weltkarte wurde eingeblendet. Rote, orange und gelbe Punkte. Wenige gelbe Punkte in Afrika. Riesige rote Punkte in Asien. Der Punkt über Tokio schien die schmale Inselsilhouette zum Kentern zu bringen. Orange Punkte. Paris, New York, Sydney, Stockholm, Frankfurt, Köln, München, Berlin. Manu stöhnte. Das Smartphone vibrierte.

Manu, was soll ich tun? Wir dürfen die Zimmer nicht mehr verlassen. Ich habe sogar Angst, das Zeug zu essen, das sie uns vor die Tür stellen.

Roomservice. Das war einmal, vor hundert Jahren, ein Zauberwort gewesen. Frühstück im Bett. Eine junge freundliche Frau, die das Essen brachte. Die Rose auf dem Tablett. Dass sie sich gar nicht schämten, weil sie fast gar nichts anhatten.

Manu, bist du noch da? Du bist so weit weg.

Du auch, dachte Manu. Du auch.

Das Zimmer ist fürchterlich. Normalerweise fällt es mir ja nicht so auf, weil ich nur zum Schlafen hierherkomme. Aber jetzt wird es langsam hell.

Stimmt. Die Dämmerung kroch aus den Ecken. Bleiches, zögerliches Wintermorgenlicht. Die Heizung sprang kullernd an. Die Rohre begannen zu knacken.

»Mama!«

»Tschüss Frank«, murmelte Manu. »Bis gleich.«

Sie schaltete das Smartphone aus und regelte den Ton am Fernseher auf leise. Der Kleine saß aufrecht im Bett. Haare wirr. Die Augen gerötet. Rotz lief ihm aus der Nase. Er saß still und atmete mit offenem Mund. Erst, als Manu in der Tür erschien, begann er zu weinen.

»Mama, mein Kopf tut so weh! Und ich bekomme keine Luft!«

Durch das Weinen verstopfte seine Nase noch mehr, und die Atemnot wurde immer schlimmer. Manu war müde. Sie konnte nur noch dieses eine Wort denken: müde.

»Komm«, sagte sie und setzte sich schwer auf den Bettrand. »Erst mal Nase putzen.«

»Will nicht Nase putzen! Will nicht!«, heulte der Kleine und warf sich im Bett umher. Seine Stimme steigerte sich zum Kreischen. Trotz der Erkrankung besaß er noch beruhigend viel Energie.

Sonntags gab es nur den Notdienst im Krankenhaus. Dort würde sie stundenlang warten müssen. Mit einem quengelnden Kind und anderen kranken Kindern in einem überheizten Wartezimmer würden sie sich mit Sicherheit alle beide anstecken. War das Panik? Fühlte sich so Panik an? Nein, beschloss Manu. Keine Panik. Lediglich Vorsicht.

Das neue Medikament hieß *Flublocase*. Die Nachrichtensprecherin hielt es in die Kamera. Jetzt war Manu sich ganz sicher, dass es dieselbe Person war, wie in der Nacht. Warum wurde sie nicht abgelöst? Schmal, blond, ernst, gedeckte Farben. Und müde. So müde. Manu erkannte es an ihren Augen. Die waren kleiner als normal und hatten rot entzündete Ränder. Trotzdem lächelte sie und las Texte ab, ohne sich zu versprechen. Auch der Kleine hatte entzündete Augenlider. Manu ging ins Wohnzimmer, suchte, wusste nicht mehr, was sie eigentlich suchte, und fand die Fieberzäpfen schließlich in der Küche. Immer vergaß sie die Dosierung für unter Sechsjährige. Das Mittel hieß *Flublocase* und hatte schwere Nebenwirkungen. Es war teuer und es half nur dann, wenn man es spätestens vierundzwanzig Stunden nach Beginn der Symptome einnahm.

Die NATO hatte einen Krisenstab gebildet. Wieso eigentlich die NATO? Das war doch etwas Militärisches.

Kinder unter sechs Jahren durften maximal drei Zäpfchen pro Tag nehmen. Das Handy vibrierte. Zwei ungelesene Nachrichten.

Oben im Schlafzimmer war es still.

Die Katze maunzte. Manu öffnete die Haustür. Die Katze schnupperte die kalte Winterluft. Konnte sich nicht entscheiden.

»Rein oder raus«, kommandierte Manu und schob sie mit dem Fuß ein Stückchen nach vorne. Die Katze machte steife Hinterbeine und einen Buckel. Sie wollte nur ein bisschen an der offenen Tür herumlungern, den Hintern in der Wärme und die Morgensonne im Gesicht. Manu fror. Sie hatte keine Geduld mit der Morgenmeditation der Katze, schob sie mit einer energischen Bewegung nach draußen und schloss die Tür. Für einen kurzen Moment war sie zufrieden mit sich.

Das Treppensteigen machte ihr noch mehr Mühe als in der Nacht. Der Kleine hatte sich beruhigt. Aber das Fieber war wieder gestiegen. Sein Gesicht glühte in einem düsteren, fleckigen Rot. Apathisch lag er in den zerknüllten Kissen und blinzelte mit den entzündeten Augenlidern. Als Manu ihm, ohne große Umstände zu machen, das Zäpfchen hinten reinschob, wehrte er sich noch nicht einmal. Das beunruhigte Manu mehr als sein Wutanfall von vorhin.

»Mama, ich muss Pipi«, flüsterte er. Seine Lippen waren trocken und rissig. Sie würde ihn waschen und ihm die Lippen eincremen. Sie würde ihn auf das Sofa legen und Tee kochen. Er würde trinken und lange schlafen. Dann würde er einen Zeichentrickfilm anschauen, oder sie würde ihm vorlesen. Das Fieber würde runtergehen. Alles würde wieder gut.

»Kannst du ein Stückchen weit laufen, Schatz?«

Er dachte gründlich nach. Dann nickte er bedächtig.

»Mama kann dich nicht tragen, – wegen dem Baby in ihrem Bauch.«

Wieder nickte er. Rollte sich träge zum Bettrand und richtete sich auf. Seine blassen Füße baumelten über dem Boden, und Manu zog ihm hastig die Hüttenschuhe über. Sie konnte den Anblick seiner nackten Füße nicht ertragen. Mit kleinen Schritten schafften sie es bis zum Badezimmer. Sie hielt ihn, als er schwankend auf der Kloschüssel saß.

»Das pullert aber ganz schön«, bemerkte er zufrieden. Der Tonfall war fast normal. Ob das Zäpfchen so schnell wirkte?

»So, jetzt noch schnell das Gesicht abwaschen und ein bisschen Creme.«

»Keine Creme. Creme ist eklig. Die klebt so.«

Seine Stimme war wieder vollkommen normal. Manu wurde vor Erleichterung schwindelig. Vielleicht war es aber auch die Müdigkeit.

»Komm, jetzt gehen wir die Treppe runter. Ich baue dir dann ein Bett auf dem Sofa.«

»Darf ich dann auch fernsehen?«

»Ja natürlich; wie immer, wenn du krank bist.«

»Weißt du was, Mama?«

»Ja?«

»Wenn der Kopf nicht so weh tut, dann finde ich es richtig gemütlich, krank zu sein.«

Manu musste lächeln.

»Komm jetzt. Mach aber langsam auf der Treppe und halt dich gut fest.«

Er würde die Treppe nach unten alleine schaffen. Mit raschen Schritten ging sie ins Schlafzimmer und griff nach einem Kissen. Da hörte sie es. Ein Rutschen. Ein Poltern. Es ging lange. Auch ihre Schritte waren langsam. Wie in Zeitlupe. Ein Atemzug ein. Ein Atemzug aus. Manu stand oben auf dem Treppenabsatz und sah die kleine, zusammengekrümmte Gestalt dort unten. Zwischen ihnen so viele Stufen. Helle Fichtenholzstufen. Viel zu neu. Viel zu rutschig.

Er saß etwa in Treppenmitte und schluchzte. Etwas verwirrte sich. Zog sich ineinander. Drehte Fäden. Wo war er? Seine Stimme. Sein Weinen. War er etwa nicht gestürzt? Träumte sie? Sie musste wach bleiben. Und zwang ihre Augen zum Hinschauen.

»Puppa Nisa«, greinte der Kleine, saß auf der hellhölzernen Treppenstufe und streckte seine Ärmchen aus. »Puppa Nisa.«

Eigentlich hieß die Puppe Lisa, aber er hatte ihr einen eigenen Namen in seiner Kindersprache gegeben. Puppa Nisa war schon sehr alt. Ihr Kopf war aus Porzellan, und eigentlich war sie zu schade zum Spielen. Sie saß auf einem kleinen Korbstühlchen neben dem Badezimmer. Aus irgendeinem Grund hatte der Kleine sie mitgenommen und jetzt war Puppa Nisa zerbrochen. Er wusste, wie schlimm das war, und deshalb saß er auf der Treppe und schluchzte haltlos. Es waren fünf Stufen bis zu ihm. Er weigerte sich aufzustehen. Die kaputte Pupe dort unten machte ihm Angst. Er schlotterte vor Grauen. Acht Stufen bis zum unteren Stockwerk. Manu keuchte, als sie unten ankam.

»Eigentlich dürfte ich dich nicht mehr tragen«, flüsterte sie atemlos in sein Ohr. Er drehte den Kopf zur Seite. Weg von der Puppe – und barg das Gesicht an ihrer Schulterbeuge.

»Ist der Kopf kaputt?«, fragte er mit seiner allerkleinsten Stimme. »Wenn der Kopf kaputt ist, will
ich sie nicht mehr ansehen.«

Der Kopf war kaputt. Eine große Scherbe war
hinten herausgebrochen. Mattfarbene strohige
Haare hingen daran. Manu konnte im Inneren des
Puppenkopfes den Aufhängemechanismus der
Augen erkennen. Hastig schob sie die Teile zusam-
men. Sie klangen wie eine zerbrochene Schüssel,
und der Schädel blieb deformiert, obwohl sie sich
Mühe gab, alles wieder an seinen Platz zu rücken.
Mit einem Tuch legte sie einen provisorischen
Verband an und hoffte, dass nichts verrutschen
würde. Sie bettete die Puppe in einen Sessel und
Nisa schloss folgsam die Augen. Der Kleine war
nicht so brav. Er hatte die Fernbedienung in den
Händen.

»Nachrichten. Überall nur Quatsch-Nachrich-
ten.«

NATO-Sondergipfel. WHO-Krisenstab.

Die Sprecherin hatte so müde Augen. Wie lange
kann ein Mensch durchhalten, ohne zu schlafen?
Manu drehte den Ton leiser. Schaltete durch die
Kanäle. Ein einziger Sender mit Kinderfilmen.
Animierte Plüschfiguren mit glatten Gesichtern in
einer knallbunten Kunststoffwelt. Der Kleine
protestierte. »Das ist für Babys!« Die goldgelbe
Sonne mit einem vor Wonne quietschenden Baby-
gesicht. Die Plastiklandschaft. Häschen.
Blümchen. Alles langsam. Schön langsam und mit

vielen Wiederholung. Manu starrte auf den Bildschirm. Sie fand es schön. Endlich wurde auch der Kleine schläfrig und sank schwer in ihren Arm. Er musste trinken. Schon wieder hatten sie das Trinken vergessen. Bis Manu jedoch den Tee fertig hatte, war er bereits fest eingeschlafen. Manu füllte den Tee in die Thermoskanne und spülte die Lieblingshasentasse. Handgriffe wie im Traum. Was war wichtig? Dass er seinen Tee nur aus der Lieblingstasse trank, das war wichtig. Dass da draußen Menschen starben, war wichtig. Manu kannte diese Menschen nicht. Sie waren weit weg. Frank war weit weg.

Das Zimmer ist so traurig. Ich habe nichts zum Lesen. Da sind nur ein Stadtplan und eine Bibel in einem Kunstledereinband, den ich nicht anfassen mag. Außerdem ist die Bibel auf Französisch geschrieben. Ich kann kein Französisch. Mir bleibt nichts anderes übrig, als die ganze Zeit in den Fernseher zu starren. Du, ich bin in Gedanken ständig bei dir. Manu, ich möchte gerne mit dir schlafen. Wann haben wir das letzte Mal miteinander?

Manu konnte sich nicht erinnern. Oder sie wollte es nicht. Eigentlich wollte sie schreiben: Es ist nicht nur der Sex. Es ist zum Beispiel auch dieser Geruch, den ich mag. Ich möchte deinen Geruch genießen. Weißt du, dass du überall ein klein wenig anders riechst? Aber überall nach dir. Am

Haaransatz. Im Inneren deiner Hände. In der Hautfalte an deiner Leiste. Überall rieche ich dich gerne.

Das schrieb sie aber nicht.

Manu schrieb: *Sex ... machst du es dir da nicht etwas zu einfach?*

Die Antwort kam schnell: *Ich will dir doch nur irgendwie zeigen, dass ich dich liebe!*

Sie antwortete nicht. Was geschah gerade mit ihnen? Ein Link zum Center for Disease Control empfahl dringend eine Grippe-Impfung für Schwangere im zweiten und dritten Trimenon. Ob das auch für sie galt? Gab es überhaupt einen wirksamen Impfstoff gegen dieses neuartige Virus? Manu klickte weiter und las: *Ein zuverlässiger Impfstoff gegen das neue Super-Virus wird in absehbarer Zeit nicht zur Verfügung stehen, da sogar die Hühnereier, die man für die Impfstoffherstellung benötigt, durch das Virus abgetötet werden. Die Forschung arbeitet fieberhaft an der Entwicklung alternativer Verfahren. Bis jetzt kann lediglich zur Expositionsprophylaxe geraten werden.* Manu verstand: Hoffnungslosigkeit. Sie klickte auf *retrovirale Medikamente* und las: *Hamsterkäufe. Rationierung. Produktion in Sonderschichten. Aktienkurse explodieren.* Manu schaltete den Computer aus. Die Füße eiskalt trotz dicker Socken. Sie fand die Hausschuhe, schlüpfte hinein, lief rastlos von der Küche in die Diele, von dort wieder ins Wohnzimmer. Immer bemüht, den Kleinen nicht zu wecken. Aus dem Fernseher drangen Stimmen wie leises

Zischen. Sie drehte lauter. Der Kleine murmelte Unverständliches, wachte aber nicht auf. Manu kniete vor dem Gerät nieder und die Sprecherin flüsterte ihr die Botschaft ins Ohr: Medikamente wurden prozentual anteilig auf die Mitgliedsstaaten verteilt. Deutschland muss abgeben. Die Dienstleistungsgewerkschaft legte schärfsten Protest ein. Ärzte und Krankenschwestern kamen vor lauter Arbeit gar nicht dazu, sich zu äußern. Der Vorsitzende des Hartmann-Bundes nahm Stellung. Die Schweiz, als Produktionsstandort, aber Nicht-Mitgliedsstaat, wird gegen diese Vorgehensweise Protest bei den Vereinten Nationen einlegen. Die Schweiz machte die Grenzen dicht. Frankreich ebenfalls. Italiens Ministerpräsident gestikulierte am Rednerpult. Ein Mundschutz schluckte seine Worte. Tumult im Plenum. Für 16.00 Uhr wurde eine Ansprache der Bundeskanzlerin angekündigt. Endlich waren Manus Füße warm. Sie schlief auf dem Teppich vor dem Fernseher ein, zusammengerollt wie eine Katze.

Das Vibrieren des Handys weckte sie auf. Corinna hatte geschrieben: *hallo meine lieben, wie geht es euch? alle gesund?? Gianna und mir geht es gut. psychisch vielleicht nicht so (schnüff), aber wir sind tapfer. es ist sehr einsam in der wohnung. im ganzen haus ist es still. unnatürlich, irgendwie. als ob nur wir hier wohnen. oder als ob alle schon ... na ja, besser nicht dran denken. küsschen, Cora*

Hallo Cora, tippte Manu, löschte Cora und schrieb *Corinna,* das schien ihr angemessener. *Der Kleine ist krank. Fieber, aber ich glaube, nichts Ernstes. Ich habe beschlossen, nicht aus dem Haus zu gehen, bis die Epidemie vorbei ist. Habe die Vorräte gecheckt. Wenn wir vorsichtig sind, müsste es eine ganze Weile reichen. Nur Milch ist nicht genug da. Gruß, Manu*

Auf einmal wusste sie genau, was zu tun war. Sie ging an den Kühlschrank. Sie ging in den Keller. Es stimmte, was sie geschrieben hatte. Es war gut so. Sie würden überleben. Auf dem Fenstersims standen drei Primeltöpfe. Die Blumen waren verblüht, und die Blätter hingen unansehnlich herunter. Der Eiszapfen draußen vor dem Küchenfenster sah noch genauso frisch und glänzend aus wie gestern. Manu stellte die Blumentöpfe vor die Haustür. Die völlig durchgefrorene Katze drückte sich durch den Türspalt. Waren Haustiere Überträger? Hatte diese Grippe nicht bei den Tieren begonnen und war dann auf die Menschen übergesprungen? Manu schob die Katze mit der Fußspitze sacht wieder hinaus. Betrachtete nachdenklich ihre Hausschuhe und schüttelte sie von den Füßen. Sie lagen unordentlich im Schnee. Der Schnee würde liegen bleiben. Niemand kam zum Räumen oder Streuen. Manus Füße waren warm. Sie trug dicke Socken.

Sie würde die Katze vor der Haustür füttern. Das Tier würde schon ein warmes Plätzchen finden. Die Primeln würde sie im Garten einpflanzen, sobald die Erde wieder aufgetaut war. Dort würden sie dann ein zweites Mal blühen. Das Handy vibrierte.

Corinna schrieb: *meine kluge manu. vernünftig wie immer. aber was machst du gegen diese verdammte einsamkeit? ich drehe jetzt schon fast durch.*

Auch Frank meldete sich: *Du Manu, ich wollte dich nicht verletzen. Wie soll ich dir nur zeigen, dass ich dich liebe? Manchmal befürchte ich, dass ich gar nicht weiß, was Liebe eigentlich ist.*

Manu wusste auch nicht, was Liebe ist. Aber hatte nicht bisher alles ganz gut funktioniert?

Hallo Cora, ich versuche nur zu VERSTEHEN. Wenn ich es VERSTEHE, dann kann ich mich auch SCHÜTZEN! Also: es wird von Mensch zu Mensch übertragen, richtig? Also: ich muss mich vor Menschen schützen.

Das mit der Katze erwähnte sie nicht. Sie schrieb weiter:

Hallo Frank, ich weiß, es ist erst Nachmittag. Aber versuch doch einfach mal zu schlafen. Wenn man übermüdet ist, sieht alles viel schlimmer aus. Mir hat ein kleiner Mittagsschlaf ganz gutgetan.

Dass der Kleine krank war, schrieb sie nicht. Er hatte auch nicht danach gefragt.

Corinna schrieb: *vielleicht werde ich ja allmählich wahnsinnig, manu. eben habe ich die wäsche* abgehängt, nach farben sortiert und sofort wieder in die waschmaschine gestopft. was soll ich nur machen?

Versuch es doch einfach zu vergessen, antwortete Manu.

ich glaube, ich gehe jetzt in die apotheke. versuche irgendwie, dieses wundermedikament zu bekommen. Oder irgendwas.

Bleib zuhause, Cora. Ich bitte dich! In die Apotheken kommen viel zu viele Menschen. Da steckst du dich nur an!

ich werde es wenigstens versuchen!

Viel Glück!

Schlief der Kleine nicht schon viel zu lange? Vorsichtig zog Manu die Decke zur Seite. Das Fieber war wieder gestiegen, und er röchelte beim Atmen. Sie hatte noch zehn Fieberzäpfchen und eine halbe Flasche Paracetamol-Saft. Normalerweise würde das reichen. Woran konnte man erkennen, ob es diese neue Grippe war? Manu wusste so wenig. Sie wollte es aber auch nicht so genau wissen. Nicht bei ihrem Kind. Man musste nur ganz fest glauben. Sie streichelte sanft seine Wange, als er sich nicht regte, schüttelte sie ihn an den Schultern.

»Wach auf! Du musst unbedingt trinken!«

Weinender Protest war die Folge. Und er hörte nicht auf mit Weinen, bis er irgendwann erschöpft einschlief. Die Ansprache der Bundeskanzlerin verpasste Manu, obwohl der Fernseher ununterbrochen lief. Abends gegen Sieben entschloss sie sich, im Krankenhaus anzurufen. Stockend und zusammenhanglos schilderte sie die Symptome des Kindes – erwartete Beruhigung.

Die Antwort war denkbar knapp: »Kommen Sie unbedingt vorbei! Sofort!«

Sie legte auf.

Manu saß mit dem Kind im Arm vor dem stummen Fernseher. Trickfiguren zuckten über den Bildschirm. Der Kleine hielt die Augen fest geschlossen. Die Augenlider rot und geschwollen. Licht tat ihm weh. Japanische Mangas. Großäugige, elfengleiche Geschöpfe, die sich in behaarte Monster verwandelten. Sein Atem ging leichter. Manu spürte eine Müdigkeit bis tief in ihre Knochen. Nein, es gibt keine Feuermonster. Die Bilder zuckten. Das Kind so schwer. Jedenfalls nicht in unserem Schrank.

Montag

Der Morgen war ganz frisch und neu. Ein blank gewischter Himmel wie aus zartblauem Seidenpapier gemacht Manu wärmte Milch. Als sie ausgoss, schimmerte es bläulich über dem Topfboden. Allein der Anblick der Milch machte ihr einen schalen Geschmack im Mund. So lange schlief der Kleine sonst nie. Ob sie etwas mit seinen Augen machen müsste? Der Morgen so hell. Fast schon wie ein Frühling. Die Luft sah sauber aus. Er vertrug kein Licht. Die Luft voller Viren.

Manu würde heute nicht zur Arbeit gehen. Die Erkrankung des Kleinen war ein hinreichender Entschuldigungsgrund. Sie wählte die Nummer der Schule. Eine Tonbandstimme teilte ihr mit, dass die Grundschule wegen einzelner Erkrankungsfälle bis auf weiteres geschlossen bliebe. War vielleicht die quirlige Vanessa aus der zweiten Klasse ein solcher einzelner Erkrankungsfall – Vanessa war sowieso oft krank. Seit kurzem hatte sie eine riesige Zahnlücke, die sie gerne präsentierte. Und wer kümmerte sich jetzt um Alex aus der 3a? Seine Mutter überließ ihn doch viel zu oft sich selbst. Und wer hatte das Ganze Merves Mutter erklärt? Der Mann immer auf Montage, und sie alleine mit vier Kindern. Sie verstand kaum Deutsch, und vielleicht wartete sie nun ratlos in Kälte und Schnee draußen vor der Schule, das Kind an der Hand und traute sich nicht nach Hause zu gehen – einfach so. Irgendjemand müsste doch etwas unternehmen.

Ein klägliches Geräusch aus dem Nebenzimmer. Wie das Maunzen einer Katze. Aber die Katze war draußen. Zwei, vier, fünf Schritte bis ins

Wohnzimmer. Der Bauch behinderte sie bei jeder Bewegung. Wann hatte sie das Baby eigentlich zuletzt   gespürt? Der Kleine saß hoch aufgerichtet auf dem Sofa. Die Haare in einem unordentlichen Wirbel hochstehend. Klare Augen. Vorwurfsvoller Blick.

»Ich habe so einen Hunger!«

Er war wieder gesund!

Aber gestern Morgen war es ihm auch recht gut gegangen. Erst gegen Abend war es so richtig schlimm geworden.

»Schau mal. Deine Lieblingstasse. Die Milch ist aber noch sehr heiß. Meinst du, dass du an den Tisch kommen kannst?«

Er konnte. Saß auf dem Stuhl und schlenkerte mutwillig die Beine, bis ihm die dicken Wollsocken von den Füßen rutschten.

»Gehen wir heute wieder in den Schnee?«

»Warte, Liebling. Ich muss zuerst die Katze füttern.«

Licht im Hausgang. Weißes, starkes Licht. Blinzelnd kniff Manu die Augen zusammen. Der Bauch schwer und still. Sie öffnete die Haustür einen Spalt weit. Neben der Tür ein Haufen gefrorenes Katzenfutter. Spuren im Schnee. Abdrücke von unterschiedlich großen Pfoten. Spuren von großen Vögeln. Was geschah nachts vor ihrer Haustür?

»Minka«, rief sie. »Minka! «

Sie schaute über die Straße zum Nachbarhaus, wo Opa Bernegger wohnte. Die Rollläden im

Erdgeschoss waren heruntergelassen. Es war ein kleines grau verputztes Haus mit einem spitzen Giebel. Ein 50er-Jahre-Haus, gebaut zu einer Zeit, als ein Eigenheim kaum mehr als 70 Quadratmeter Grundfläche hatte. Drei Kinder hätten sie dort großgezogen. Und alle wären sie etwas geworden. Alle, hatte er ihr einmal voller Stolz erklärt. Im Herbst hatte er den Kindern Nüsse in die Jacken-taschen gesteckt. Oder rotbackige Äpfel. Opa Bernegger war schon über achtzig. Aber jeden Mor-gen fuhr er mit dem Fahrrad die Straße hinunter zum Bäcker, um die Zeitung zu kaufen und zwei Brötchen. Manchmal nickte ihm Manu durchs Küchenfenster zu, wenn er zurückkam, sehr hoch und sehr gerade auf seinem altmodischen Dreigang-Fahrrad. Opa Bernegger trug immer eine karierte Schiebermütze. Im Sommer war sie aus Baumwolle. Für den Winter hatte er ein wollenes Modell mit Ohrenklappen. Opa Berneggers Frau war schon seit einigen Jahren tot. Deshalb fuhr er auch am Nachmittag auf den Friedhof, um sich mit seiner Frau zu unterhalten. Dort am Grab sprach er mit ihr, wie er es in den langen Jahren seiner Ehe auch immer getan hatte. Ihre fehlenden Ant-worten schien er nicht sonderlich zu vermissen.

Manu starrte auf die altmodischen, hölzernen Rollläden, von denen die dunkelbraune Farbe ab-blätterte. Ob Opa Bernegger zu seinen Kindern ge-flüchtet war? Oder lag er hilflos im Haus? Wann hatte Manu ihn zum letzten Mal gesehen? Wann hatte sich das Baby zum letzten Mal bewegt? War das ein Maunzen? Nein, der Kleine rief nach ihr. Hastig schloss Manu die Tür.

Im selben Moment kam die Katze unter dem Ilex-Busch hervor, wo sie sich verborgen hatte. Sie trug einen mürrischen Gesichtsausdruck. Lustlos, mit hochgezogenen Lefzen, schnupperte sie an den Futterbrocken, die in der Morgensonne zu dampfen begannen. Setzte sich dann auf die Fußmatte und begann, sich mit zierlichen Bewegungen zu putzen. Nachdem sie ihre Morgentoilette beendet hatte, legte sie sich wie eine Sphinx vor die Eingangstür und zog die Augen zu engen Schlitzen zusammen. Ihr gemasertes Fell glänzte seidig und gesund. Ihre Augenlider waren entzündet und dick geschwollen.

»Mama, wo ist Minka?«

»Sie ist draußen, Schatz.«

»Hol sie rein.«

»Das geht nicht. Ich weiß nicht, wo sie ist. Vielleicht hat sie einen Kater gefunden. Katzen sind im Frühjahr so. Sie wird in ein paar Tagen schon wieder zurückkommen.«

»Wir müssen sie suchen.«

Wie soll ich dir nur zeigen, dass ich dich liebe? Zärtlichkeit. Zärtlichkeit wäre eine gute Idee. Sie streichelte sein Haar.

»Wir müssen deine Haare waschen.«

Eine Katze war das Zärtlichste, was sie sich vorstellen konnte.

»Keine Lust. Ich will jetzt raus und Minka suchen.«

»Das geht jetzt nicht. Spiel doch was Schönes.«

Der Kleine begann lustlos in der Autokiste herumzukramen, die neben dem Sofa stand. Kurz darauf kletterte er wieder auf die Sitzpolster. Mit großer Behutsamkeit hatte er Puppa Nisa hochgenommen und wiegte sie in seinen Armen wie ein richtiges Baby. Der Verband war verrutscht, aber noch hielt der Porzellankopf zusammen. Ein Puppenauge war geschlossen. Das andere stand weit offen und die Pupille äugte schief zum Boden.

»Puppa Nisa ist immer noch krank. Sie braucht ein Zäpfchen."

»Dann spiel doch Doktor!«

Manu starrte geistesabwesend auf die Internet-Startseite. Erste Krankheitsfälle im Nahen Osten. Israel riegelte den Gaza-Streifen komplett ab. Die Hamas drohte, infizierte Palästinenser nach Tel Aviv oder Jerusalem einzuschleusen. Die Situation in den Flüchtlingslagern auf den griechischen Inseln war unklar. Nachdem Freiwillige von Nichtregierungsorganisationen als Geiseln genommen worden waren, war das restliche Personal überstürzt geflohen. Die letzte Information war, dass Flüchtlinge marodierend und plündernd durch die Dörfer von Lesbos und Kos zogen. Inzwischen war die Verbindung komplett abgebrochen. Fünfzehn bestätigte Todesfälle in Kanada. Krankenhäuser überlastet. Sterblichkeit über 90 Prozent. Inkubationszeit drei Tage.

»Puppa Nisa ist zu hart. Die ist nicht gut zum Schmusen. Lass die Katze rein, Mama. Ich habe die Katze gehört. Ich will mit der Katze schmusen!«

»Das war nicht unsere Minka, Schatz. Das war der rote Kater von nebenan. Das bissige Vieh.«

Er schmollte. Er glaubte ihr kein Wort. Sind Lügen ansteckend? Inkubationszeit, das ist die Zeit zwischen Ansteckung und Ausbruch der Krankheit. Wenn es heute nicht schlimmer wurde, bedeutete das, dass der Kleine nicht diese neuartige Grippe hatte. Vitaminreiche Ernährung schützte angeblich.

hallo manu, du kannst dir nicht vorstellen, was gestern Nacht in der apotheke los war. das medikament habe ich nicht bekommen. aber tonnenweise vitamine. die werden wir jetzt brav schlucken, bis es uns zu den ohren rauskommt. die menschen haben solche ANGST!!!! ICH AUCH!!!!! aber wenn ich draußen bin, geht's mir besser. ich werde mit gianna in den park gehen. wir werden uns weit weg von allen menschen halten – genau so, wie du es uns geraten hast. deine tieftraurige cora

Du hast dich in der Apotheke angesteckt, dachte Manu. Das Virus ist in der Luft, die du atmest. Geh nicht! Und sie schrieb: *VIEL SPASS* ☺

Es gab keine Impfung. Es gab keine Medikamente. Vitamine halfen. Erst gestern hatte Manu drei verschimmelte Orangen fortgeworfen. Man könnte sie aus dem Mülleimer herausholen und den Schimmel wegschneiden. Es war ja nicht die ganze Frucht verdorben. Sie hatte ansonsten kein Obst im Haus. Doch, ein paar verschrumpelte Äpfel lagen noch im Kellerregal. Im Frühjahr würde sie Salat im Garten pflanzen. Später würden sie auch einen Apfelbaum setzen. Später. Was unternahm eigentlich die Regierung?

Ich hätte dir so viel zu sagen, Manu, schrieb Frank. Drei Punkte pulsierten wie ein ferner Herzschlag auf dem Display. Sie würde ihm einen Brief schreiben. So richtig auf Papier. Vielleicht würde sie dann endlich Worte finden.

Manu – warum schweigst du?

Dabei schwieg sie gar nicht. In ihrem Kopf war ein ständiges Lärmen. Aber es gab so viel zu bedenken. Man konnte nicht vorsichtig genug sein.

Was erwartest du eigentlich von mir?

Ich bin müde, dachte sie. Ich mache mir Sorgen. Ich bin verwirrt. Du bist so weit weg. Was erwartest du?

Hast du eigentlich keine Angst, Manu?

Doch, dachte Manu. Doch, das auch.

Sie schrieb: *Ich erlaube mir nicht, Angst zu haben* und spürte ein leichtes Ziehen im Unterbauch. Der Kleine lehnte sich an sie. Immer noch hielt er das Puppenkind im Arm. Das Ziehen verstärkte sich. Es fühlte sich fast an wie Menstruationsbeschwerden. Das nicht, dachte Manu. Nur das nicht.

»Guck mal, Mama. Jetzt ist der Verband ganz ab.«

»Ich habe dir doch gesagt, dass du mit den Autos spielen sollst. Nisa ist krank und muss lange schlafen. «

Nicht jetzt. Bitte nicht jetzt.

»Aber wenn ein Baby krank ist, muss man sich doch um das Baby kümmern!« Mit aufrichtiger Empörung schaute er zu ihr auf und krallte die Finger der freien Hand in ihren Pulloverärmel. Gesund, dachte Manu. Er wird gesund.

Scherbenkopf.

Scherbengericht.

Tag des Gerichtes.

Tage des Zorns.

Wenn er nur nicht wieder zornig wurde. Nicht jetzt. Bitte keinen Trotzanfall. Das würde sie nicht aushalten. Für einen Trotzanfall fehlte ihm jedoch die Kraft. Sie begann seine Finger zu lösen.

»Ich muss mal schnell aufs Klo! Lässt du mich bitte aufstehen?«

Unerwartet folgsam ließ er den Pullover los. Der Puppenkopf baumelte.

Mama, dachte Manu. Ihre Eltern waren vor drei Jahren bei einem Verkehrsunfall ums Leben gekommen. Damals war sie mit dem Kleinen schwanger gewesen. Damals hatte sie gedacht, dass es nichts Schlimmeres geben könnte. Mama, wo bist du?

Im Slip ein feiner rotbrauner Streifen. War das Blut? Das durfte kein Blut sein. Frank musste kommen. Sofort. Manu würde sich hinlegen. Ob ihre Liebe für zwei Kinder reichte? Manchmal wurde ihr ja schon ein Kind zu viel. Manu griff nach dem Handy. Blieb auf dem Klo sitzen, scrollte sich durch die Nachrichten, während ihre Unterhose langsam bis auf die Knöchel rutschte. Viele Ferienorte in Österreich durch Neuschnee komplett von der Außenwelt abgeschnitten. Vielleicht war Opa Bernegger ja in die Ferien gefahren? Vereinzelte Grippefälle auch in österreichischen Hotels. Manu zog die Unterhose hoch, drückte die Spülung und taumelte zum Sofa. Die blonde Nachrichtensprecherin war wieder an ihrem Platz. Eingesperrt in einen 40-Zoll-Bildschirm wechselte ihr Blick ständig zwischen ihrem Laptopbildschirm und Zetteln mit Notizen. Sie sprach stockend. Wiederholte sich. Schaute hoch. Knallrot entzündete Augenlider. Nun blickte sie Manu direkt an.

Hustete.

Stand auf und strich den Rock glatt. Presste sich die Hand vor den Mund und flüsterte eine Entschuldigung. Hustenstöße, unter denen sich ihr Körper krümmte. Das Bild verschwand. Kurze Störung. Wir bitten um etwas Geduld.

Frank, ich muss einen Rhythmus finden, dachte sie und schrieb es nicht. Eine Tagesstruktur. Ich muss planen.

Draußen maunzte die Katze.

»Mama, lass endlich Minka rein!«

Das Ziehen verstärkte sich.

»Das ist nicht Minka. Das ist der rote Kater.«

Planen? Das war eigentlich immer Franks Ding gewesen.

»Mama, ich mache jetzt die Tür selber auf!«

»Das wirst du schön bleiben lassen!«

Er stampfte mit dem Fuß auf. Puppa Nisa lag wieder auf dem Sofa. Er hatte sie ordentlich zugedeckt. Der Kopfverband schmutzig und zerrupft. So, als ob er mit tränenfeuchten Händen wieder und wieder versucht hätte, ihn neu zu wickeln.

»Ich geh jetzt raus!«

»Ich habe die Tür abgeschlossen.«

»Du bist so gemein!«

Plötzlich stürzten ihm die Tränen aus den Augen, und seine Stimme steigerte sich zu einem schrillen Kreischen.

»Du bist gemeingemeingemein!«

Ich schaffe das nicht. Mama, wo bist du?

Manu, ich hatte solches Herzrasen vorhin, ich war echt kurz davor, einfach raus zu gehen. Ich will zu euch! Ich könnte es schaffen. Wer sollte mich aufhalten? Ich sollte es wenigstens versuchen. Was meinst du?

Manu, warum antwortest du nicht? Die Telefonleitungen sind tot. Ich schalte den Fernseher aus. Und wieder ein. Ich wollte dir gestern einen Brief

schreiben. So richtig, meine ich. Auf Papier. Ich habe
mit einem alten Gedicht begonnen. Aber dann kam
mir das seltsam vor. Peinlich irgendwie. Ich wusste
den Text auch nicht mehr so genau. Da habe ich es
lieber gelassen.

Manu?

Dienstag

Auch die letzte Nacht hatten sie auf dem Sofa verbracht. Die Blutung war nicht stärker geworden, aber das Ziehen im Unterleib war geblieben. Der Rest Milch im Kühlschrank war sauer geworden. Manu schüttete die Milch in die Spüle. Dann verdünnte sie Kaffeesahne mit Wasser, wärmte die Mischung und schüttete reichlich Kakao in die Tasse. Der Kleine trank es naserümpfend. Die Rollläden des Nachbarhauses waren immer noch herabgelassen. Vor dem Küchenfenster lag der Eiszapfen. Glatt. Unversehrt.

Auf dem Bildschirm ein neuer Sprecher. Jung, schmal, ernst, dunkel, sehr seriös. Kräftig. Gesund. Manu schaltete den Fernseher aus. Der Kleine quengelte. Manu schaltete den Fernseher wieder ein. Eine Plastiklandschaft, in der sich unbeschwerte Wesen bewegten und niemals älter wurden. Alles schön knallbunt und wie neu. Unversehrt.

»Mama, das ist was für Babys!«

»Wir malen nachher zusammen was Schönes, ja? – Ich schreibe nur schnell Papa.«

»Der soll lieber zu uns kommen, der Papa.«

»Du weißt doch, warum er nicht kommen kann.«

»Nein, weiß ich nicht. Ich will draußen spielen.«

manu, ich war mit gianna im park. schönes wetter, ja – aber ich gehe nicht mehr. Nie mehr. gianna hat mehr gesehen, als ihr gut tut. wir sind nach hause GERANNT. dinge, über die man normalerweise nicht spricht, ja, was man kaum zu denken wagt – das vollzieht sich nun in aller öffentlichkeit. die einen krepieren am straßenrand. die anderen feiern im park eine weltuntergangsorgie. drogen. besoffene überall. sie paaren sich wie die tiere. die kälte ist ihnen egal.

ich habe LEICHEN gesehen, manu – so viele leichen. ich hatte vorher in meinem leben noch nie einen toten gesehen, und jetzt habe ich gesehen, wie sie es miteinander treiben und die toten liegen direkt nebendran im dreckigen schnee. DAS sagen sie nicht in den nachrichten!!!

Cora, ich habe Angst. Aber das ist alles weit weg. So abstrakt.

manu, hör doch endlich auf, vor allem davonzurennen!

???????????

!!!!!!!!!!!!!!

Massenverbrennungen in Asien.
Fremder Schmerz. Weit weg.
»Mama, komm endlich her!«

Cora, manchmal möchte ich einfach weg.

manu, DAVOR kannst du nicht weglaufen! Und wenn wir das hier überleben, werden die menschen über andere dinge sprechen.

???

über wesentliches. irgendwie.

Cora, meinst du, dass wir es überhaupt verdienen zu überleben? Warum gerade ich? Warum gerade du? Vielleicht sind wir es nicht wert? Aber die Kinder! Die können doch nichts dafür. Die Kinder. Sind die denn nicht das Wertvollste, was es gibt?

Die Trotzanfälle des Kleinen. Woher kamen die? Wer trug Schuld daran? Steckte das alles vielleicht in seinen Genen? Vielleicht steckt dieser ganze Mist, das ganze Elend dieser Welt, auch schon tief drin in den Allerkleinsten. Vielleicht waren selbst die Kinder nicht unschuldig.

etwas wert sein. etwas verdienen. geht es in unserer welt wirklich um nichts anderes?

Weißt du Cora, manchmal habe ich dich verachtet. Heimlich. Weil du dich – sagt man das so? – aushalten lässt.

du dich doch auch. außerdem frage ich mich inzwischen, ob ich in so einer welt überhaupt überleben WILL.

In den Nachrichten schreckliche Szenen aus Krankenhäusern. Reporter in Schutzkleidung. Plünderungen. Rituale der Zerstörung. Die Rede der Bundeskanzlerin verschoben. Ein Regierungssprecher mit Mundschutz. Keine Panik. Die Ansprache eines Bischofs. Sein linkes Auge zuckte hektisch und strafte seine beruhigenden Worte Lügen. Keine Bittgottesdienste wegen der Ansteckungsgefahr.

Manu wählte Franks Nummer, aber das Telefon war tot. Manu hörte noch nicht einmal ein Geräusch in der Leitung. Kein Rauschen, kein Knacken. Nichts.
»Komm Schatz, wir gehen.«
»Minka suchen?«
»Wir fahren mit dem Auto.«

Was musste man auf eine solche Reise mitnehmen? Aber das war keine Reise. Es war eine
Flucht. Der Tank war voll. Sie könnten es schaffen.

»Aber wenn du durch die Siedlung fährst können
wir schauen, ob wir Minka sehen.«

»Ja, ja, aber das Fenster bleibt zu!«

»Warum eigentlich?«

»Weil du dich sonst erkältest.«

Hatte sich das Baby bewegt? Manu legte die
Hand auf den Bauch. Ganz bestimmt wurde es
diesmal ein Mädchen. Sie hatten noch keinen
Namen für das Kind. Würde sie es dann ›die Kleine‹
nennen? Wäre der Sohn dann auf einmal ›der
Große‹? Sie würde darüber nachdenken. Später.

Manu stellte drei Wasserflaschen in den Ein-
kaufskorb. Eine Packung Knäckebrot, die letzten
beiden Äpfel. Sie packte Anorak und Mütze dazu.
Vergaß die Handschuhe. Fand nur einen. Gab es
auf, weiter zu suchen. Im Auto brauchte er keine
Handschuhe. Sie würden das Auto nicht verlassen.
Diesmal wartete der Kleine ohne Quengelei.

»Geh noch mal Pipi machen – dann geht's los!«

Sie legte Munterkeit in ihre Stimme.

»Darf ich Puppa Nisa mitnehmen?«

»Na klar!« Sein Gesicht strahlte. Die Wangen
hatten wieder Farbe, und die Augenlider waren
kaum noch geschwollen.

Als sie im Auto saßen, fiel Manu ein, dass sie
Trinkbecher vergessen hatte. Der Kleine konnte
noch nicht gut aus der Flasche trinken. Wie lange

kam man mit drei Litern Flüssigkeit aus? Sie drehte den Schlüssel im Zündschloss. Der Wagen sprang sofort an. Manu fuhr langsam durch die Siedlung. Nirgendwo war eine Katze zu sehen. Fast überall waren die Rollläden heruntergelassen. Kein Mensch war draußen. Am Straßenrand parkten viel weniger Autos als üblich. Die Straße sah aus wie im Sommer, wenn alle in den Ferien waren. Manu konzentrierte sich auf das Fahren. Der Motor schnurrte wie eine große Katze. Der Kleine war zufrieden, schaute zum Fenster hinaus und erklärte Puppa Nisa alles, was er sah. Am Ende der Siedlung kam ein Kreisverkehr. Manu musste an der ersten Abfahrt abbiegen. Dort ging es Richtung Autobahnzubringer. Autobahnfahren, das bedeutete, Ferien. Das bedeutete ganz schnell ganz weit weg.

Wo war das eigentlich: weit weg? Frank war dort. Frank wurde ihr gestohlen. Und Autobahnen waren wie Versprechen, die sowieso nie gehalten wurden. Noch fuhr Manu über die Landstraße. Hatte sie etwa das blaue Hinweisschild mit dem Autobahnzeichen verpasst? Die Straße schlängelte sich einen Berg hoch, und Manu musste zurückschalten. Haarnadelkurven. Wenn ihr hier einer entgegenkäme, dann würde es eng. Wo war sie eigentlich? Kein Gegenverkehr. Der Zeiger der Tankuhr zitterte. Der Tank war voll. Der Motor schnurrte. Der Kopf des Kleinen war auf die Seite gesunken. Puppa Nisa hielt er auch noch im Schlaf fest umklammert. Jetzt führte die Straße durch einen dichten Wald. Manu hatte sich verfahren. Seltsamerweise hatte sie keine Angst. Sie lächelte und fühlte sich geborgen. Als es wieder bergab ging, ließ sie das Auto einfach rollen. Nahm die Kurven weit und großzügig. Kein Gegenverkehr. Das Fahren ein Genuss. Unten ein leeres stilles Dorf. Dicht gedrängte Fachwerkhäuser. Kahle winterliche Vorgärten. Das blaue Autobahnschild. Noch sechs Kilometer. Ein Katzensprung.

»Mama, wohin fahren wir?«

»Zu Papa.«

»Dauert das lange?«

»Ja. Es ist besser, du schläfst noch etwas.«

Er war es zufrieden. Erklärte es Puppa Nisa lange und ausführlich. Puppa Nisa war auch einverstanden. Kleine Mädchen sind sowieso folgsamer als kleine Jungs. Bestimmt würde das Baby ein Mädchen. Es war unbequem, mit dem dicken Bauch hinter dem Steuer eingeklemmt zu sitzen. Wie lange würde sie das durchhalten? Die Autobahnauffahrt. Eine weit gezogene Kurve. Manu nahm auch sie großzügig. Schwungvoll.

Und schaffte es gerade noch rechtzeitig zu bremsen. Fast wäre sie auf das Heck des Wagens aufgeprallt. Ein roter Opel Vectra mit beschlagener Heckscheibe. Viel hätte nicht gefehlt.

Der Kleine schrie: »Puppa Nisa! Puppa Nisa!«

Die Puppe war bei dem abrupten Bremsmanöver heruntergefallen. Der Kopf war nun völlig zerbrochen. Manu angelte das Puppenkind unter ihrem Sitz hervor und legte es auf den Beifahrersitz. Deckte es mit dem Anorak des Kleinen zu.

»Nicht zudecken!«, heulte der Kleine. »Nicht das Gesicht zudecken. Dann kriegt sie doch keine Luft mehr!«

Auch Manu hatte nun das Gefühl zu ersticken. Wie im Reflex ließ sie das Fenster hinunter. Benzingeschwängerte, kalte Luft drang ins Wageninnere. Hastig schloss sie das Fenster.

Die Wagenkolonne rückte im Schritttempo vor. Der Opel Vectra vor ihr war so schwer beladen, dass sein Auspuff beinahe den Asphalt berührte. Es dauert lange, bis sie die Autobahn erreicht hatten. Stau auf vier Spuren. Die Nadel der Tankuhr zitterte. Wie konnte der Tank so schnell leer werden? Wie lange waren sie gefahren? Draußen dämmerte es bereits. Im Schritttempo vorbei an Schallschutzmauern. Dahinter Mietskasernen.

»Guck mal Mama! Das hinten brennt ein Haus!«

Der Kleine hatte sich beruhigt und betrachtete fasziniert das Schauspiel dort draußen. Auf einer Autobahnbrücke drängten sich Menschen, dicht an dicht. Ihre Umrisse zeichneten sich schwarz gegen den grauroten Winterhimmel ab. Plötzlich flog etwas von der Brücke. War jemand gesprungen? Oder warfen sie Steine auf die Autos? Quälend langsam rückte die Wagenkolonne voran.

Die Menschen auf der Brücke.

Die Tanknadel zitterte knapp über dem roten Bereich. Sie würde nicht ausweichen können, wenn jemand etwas auf ihr Auto würfe. In 300 Meter eine Tankstelle. Der schwangere Bauch drückte immer stärker nach oben. Zum Tanken müsste sie aussteigen und virengeschwängerte Luft einatmen müssen. Danach musste sie unter der Brücke durch. Eins nach dem anderen, sagte sich Manu und setzte den Blinker. Kurz vor der Tankstelleneinfahrt öffnete sich eine Lücke in der Blechlawine. Lächelnd ordnete sie sich ein.

Das Tankstellengebäude war komplett zerstört. Das Dach aufgebogen, wie nach einer gewaltigen Detonation. Geschwärzte Betonsäulen, geborstenes Glas. Die Tanksäulen aus der Erde gewuchtet und umgestürzt. Der Wind trieb verkohlte Fetzen vor sich her. Chemiegeruch in der Luft. Die Autobahnbrücke noch zweihundert Meter weit entfernt. Inzwischen war es vollkommen dunkel geworden. Der Kleine schwieg.

»Wir fahren wieder nach Hause, Schatz. Hier kommen wir nicht weiter.«

Ob er sie verstand? Jedenfalls widersprach er nicht.

Manu wendete und fuhr auf dem Pannenstreifen zurück. Tausende Lichter, die ihr entgegenkamen. Der nächtliche, brandgerötete Horizont. Der Geschmack von Asche im Mund. Sie schaltete das Autoradio ein. Der Bundesinnenminister warnte dringend davor, aus den Städten zu fliehen. Staus auf allen Autobahnen. Die Sicherheit könne nicht gewährleistet werden. Wenn sie sich nicht noch einmal verfuhr, würde das Benzin für die Rückfahrt reichen.

Mittwoch

Die Nacht wäre ruhig gewesen, wenn das Baby nicht so sehr gestrampelt hätte. Manu erwachte auf dem Sofa. Der Kleine hatte sich auf dem Teppich zusammengerollt wie ein Kätzchen. Sein Gesicht war schmutzig und tränenverschmiert. Aber er war gesund. Er hatte die Krankheit überstanden. Ein starker kleiner Mann. Ein Kämpfer.

Das Handy vibrierte. Cora schrieb: *manu, was soll ich nur tun? gianna hat fieber. sie hustet ununterbrochen. was soll ich nur machen?*

MANU!!!

Leg sie vor die Haustür in die Kälte. Dann geht es wenigstens etwas schneller. Natürlich schrieb sie das nicht.

Cora, ich umarme dich.

Natürlich umarmte sie ihre Freundin nicht. Es kam auch keine Antwort.

Eine Botschaft von Frank. Eine Art Kettenbrief. Der Dalai-Lama übermittle auf diese Weise allen

Menschen seine Segenswünsche. Er wünsche ihnen Kraft und inneren Frieden. Er bitte darum, die folgenden Fragen ehrlich zu beantworten. Vor der Beantwortung der Fragen solle man sich auf den Wunsch konzentrieren, der einem im Moment am wichtigsten sei.

Sollte sie Gianna Gesundheit wünschen?

Vielleicht war sie schon gestorben, und dann wäre der Wunsch verschwendet.

Frank, was hast du dir gewünscht?

Darf ich nicht sagen. Aber du kannst es dir sicher denken.

Ich bin nicht sicher.

Manu wünschte sich etwas. Sie stellte es sich genau vor und konzentriert sich voll und ganz auf diesen Wunsch. Noch schlief der Kleine. Sie würde genügend Zeit haben, den Test auszufüllen. Es ging darum, bestimmte Begriffe in eine Reihenfolge zu bringen. Manu schrieb: *Pferd*, weil sie Pferde schon als Mädchen mochte. Sie schrieb *Kuh*, weil Kühe groß sind und zärtliche Augen haben. Sie schrieb *Schwein* und wusste nicht so genau, warum eigentlich, aber *Schafe* mochte sie noch etwas weniger, und zuletzt schrieb sie *Tiger*, weil ihr Raubtiere Angst einflößten. Die Reihenfolge gefiel ihr nicht. Etwas schien zu fehlen, aber in aller

Fehlerhaftigkeit war es doch die Reihenfolge, die ihrem inneren Empfinden am nächsten kam. Nun sollten verschiedene Farben bestimmten Personen zugeordnet werden. Diese Aufgabe fiel Manu leichter. Schnell tippte sie ein: *Gelb – Mama, Orange – Cora, Rot – mein Chef, Grün – Frank, Weiß – mein Sohn.* Hätte sie das Baby in diese Reihe mit hineinnehmen sollen? Aber sie hatte ja zum Baby noch keine richtige Beziehung. Am ehesten hätte sie ihm auch die weiße Farbe zugeordnet. Ein Kind war doch wie ein unbeschriebenes Blatt Papier. Zuletzt wurde nach der Lieblingszahl gefragt. Manu tippte ohne Zögern 27. Die 27 war ihre Lieblingszahl, seit sie rechnen konnte. Begonnen hatte sie mit der Zahl 3. Da war sie noch zu klein gewesen, um über die Finger einer Hand hinaus zu zählen. Drei war eine gute Zahl. Vater-Mutter-Kind. Im Religionsunterricht Gottvater, Sohn und Heiliger Geist. Aber war dreimal drei nicht noch besser? Eine Weile war die Neun ihre Lieblingszahl gewesen, aber nicht lange. Schon kurze Zeit später fand sie die optimale Kombination von dreimal neun oder neunmal drei. Von dem Ergebnis war sie fasziniert, man konnte es mehrfach dividieren und dennoch blieb es im   innersten Kern unteilbar. Die 27 barg alle Geheimnisse von sichtbarer Welt und ungenannten Zwischenwelten. Obwohl sie ein eher nüchterner Mensch war, blieb Manu lange davon überzeugt, dass der 27 magische Kräfte innewohnten. Also auch jetzt: 27. Ohne Zögern.

Nun die Auswertung. Den Tieren wurden bestimmte Lebensbereiche zugeordnet. Manu las, was ihr am wichtigsten sei: Familie, Karriere, Geld, Liebe, Stolz. Sie war enttäuscht. Das Gefühl einer brüchigen, unvollständigen Wahrnehmung machte sich breit. War diese Reihenfolge nicht im höchsten Maße ungerecht? War ihr die Liebe wirklich so wenig wert? Das Schaf stand für Liebe. Der Tiger für Stolz. Verachtete sie etwa die Liebe und hatte Angst vor ihrem eigenen Stolz? Manu war unzufrieden mit dieser Auswertung, aber es gab keine Reihenfolge, die treffender war.

Nun die Farben. *Mama: ein unvergesslicher Mensch, Cora: ein Freund.* Nichts, was Manu nicht schon gewusst hätte. *Liebe und Begehren: der Chef;* Manu runzelte die Stirn. *Grün für Frank: ein Mensch, an den Sie sich erinnern.* Was sollte das? Das stimmte doch vorne und hinten nicht. *Weiß – mein Sohn: dieser Mensch ist Ihre Zwillingsseele.* Der Kleine brabbelte im Schlaf unverständliches Zeug vor sich hin. Was er sich wohl gewünscht hätte? *Die Lieblingszahl: Schicken Sie dieses Mail in den nächsten zehn Stunden an siebenundzwanzig Freunde. Dann wird Ihr Wunsch innerhalb von 36 Stunden in Erfüllung gehen.*

Und wenn nicht?

Frank, was ist eigentlich wichtiger: Geld oder Liebe? Wenn ich schon nicht weiß, was Liebe ist, dann hat es doch bisher wenigstens mit dem Geld ganz gut funktioniert.

Manu löschte den Text. Alles Geschriebene erschien ihr auf einmal unvollständig. Wie eine Lüge.

»Mama!«

Der Kleine war aufgewacht. Der Tag schon wieder weit fortgeschritten.

Manu, ich habe dir einen Brief geschrieben. Ist er schon angekommen?

Funktioniert die Post denn noch?

Sie behaupten es.

Das Telefon ist jedenfalls immer noch tot.

Die Startseite auf dem Computerbildschirm blieb in den nächsten Stunden unverändert. Es schien keine neuen Nachrichten zu geben. Manu fiel das nicht weiter auf. Der Kleine hielt sie in Atem. Er war wieder voller Energie. Ganz so, als hätte es die Krankheit nie gegeben. Warum nur musste er im Haus bleiben?

Draußen lockte doch die Sonne.

Es war ein heller Tag.

Nein, eigentlich war es tiefdunkle Nacht.

Der Kleine saß am Küchenfenster und winkte. Draußen fuhr Opa Bernegger vorbei. Er saß mit geradem Rücken auf dem Sattel seines altmodischen Fahrrades und trat gleichmäßig in die Pedalen. Die Ohrenklappen seiner wollenen, karierten Schiebermütze hatte er weit hinuntergezogen. Er radelte zum Friedhof. Ganz so, als ob nichts geschehen wäre. Es sah aus wie ein Tag. Aber in Manu war es Nacht.

Der Eiszapfen vor dem Küchenfenster. Glatt und unberührt. Der Kleine wollte ihn anfassen. Manu öffnete das Fenster nicht. Was wäre, wenn sie nur noch einen einzigen Tag zu leben hätte?

Geld oder Liebe.

Liebe oder Stolz.

Familie oder Karriere.

3 oder 27.

Manu hatte keine 27 Freunde, denen sie die Segenswünsche und den Fragebogen des Dalai-Lama schicken könnte. Sie hatte Bauchschmerzen. Sie achtete nicht mehr auf das, was der Kleine sagte. Der Nachrichtensprecher war spurlos verschwunden. Der neue Sprecher sah aus wie der alte. Keine neuen Nachrichten. Die immer gleiche Startseite.

Der Kleine entdeckte im Garten winzige tote Vögel. Sie lagen steif gefroren zwischen den grob aufgeworfenen Erdschollen. Sie hoben sich vom Bodengrund kaum ab. Nur ihre zierlichen Beinchen ragten wie kleine Holzstäbchen in die Höhe. Es gab keine Neuigkeiten mehr. Die letzte Aktualisierung der Nachrichtenseite war offenbar in der Nacht vorgenommen worden. Auf Suchanfragen kam nur die Meldung einer technischen Störung. Der Server sei zurzeit überlastet. Man solle es zu einem späteren Zeitpunkt noch einmal versuchen. Das Telefon war tot. Manu versuchte, die toten Vögel zu zählen, verzählte sich, nahm einen neuen Anlauf, gab auf. Der Kleine saß immer noch am Fenster. Er entdeckte einen großen roten Kater.

Das Tier lief durch den Garten und trug einen Vogel im Maul.

»Mama, er tut dem Vogel weh!«

»Der Vogel ist tot, Schatz. Der spürt nichts mehr. Komm weg vom Fenster!«

Aber er blieb sitzen. Den Kopf schwer an die Scheibe gelehnt, saß er dort und atmete mit großer Sorgfalt. Atmete ein. Atmete aus. Sein Hauch zeichnete einen matten Fleck auf das Glas.

Der Fleck wurde größer.

Der Fleck wurde kleiner.

Die Welt stand still.

Manu träumt. Franks Kopf zwischen ihren Beinen. Seine Lippen. Seine Zunge. Der ewige Schmerz im Unterbauch ist verschwunden und macht einem anderem Gefühl Platz. Einem ewig vergessenen Gefühl. Manu streckt sich aus, überlässt sich ganz dieser Brandung, die kommt. Und geht. Und immer wieder kommt. Über ihnen kreisen Möwen. Schöne, große Vögel. Helles Gefieder. Schwarze Flügelspitzen. Auch ihre Gesichter schwarz. Manu spürt Franks Zunge, spürt Lust, spürt gleichzeitig ein leichtes, aber hartnäckiges Kratzen auf ihrer nackten Brust. Öffnet die Augen. Die weiße Vogelbrust. Blendend grell die Sonne auf den weißen Federn. Manu schließt die Augen wieder. Das Kratzen der Krallen nimmt zu. Es ist kein Schmerz, als der erste Schnabelhieb niedersaust. Eher ein Staunen, ein bodenloses, himmelweites

Staunen. Und dann ist da noch immer die Lust zwischen ihren Beinen. Manu mag nicht loslassen.

Manu betrachtet sich von oben. Frank bemerkt nichts. Er bemerkt lange nichts. Erst spät wendet er den Blick nach oben. Sieht ihren zerhackten Oberkörper, ihr zerstörtes Gesicht. In diesem Augenblick erlischt auch in ihm jeglicher Ausdruck. Es ist nur noch Staunen in seinem Gesicht. Bodenloses Staunen. Himmelweit. Er wendet den Blick nach oben.

Manu erwacht mit einem schmerzhaften Ruck. In ihr ein Satz, der sich wiederholt. Es tut mir leid. Es tut mir leid um das da und um das – und um das dort auch …

Manu sieht sich um, aber sie sucht vergeblich, was es sein könnte. Was sie vermissen würde.

Sie weiß es nicht.

Der letzte Tag

Ich heiße Jens. Ich mag es nicht, wenn meine Mama mich Kleiner nennt. Ich bin nämlich schon ziemlich groß. Bald werde ich vier. Erst kommt Karneval, dann kommt Ostern – und dann werde ich vier. Ich freue mich schon sehr auf meinen Geburtstag. Auf Ostern natürlich auch und auf Karneval. Besonders, wenn ich dieses Jahr endlich eine Pistole bekomme. Ich weiß auch schon ganz genau, welche ich haben will. Sie muss sehr laut knallen, weil, dann erschrecken sich alle. Auf meinen Geburtstag freue ich mich deswegen ganz besonders, weil es dann ein Fest gibt nur für mich alleine. Papa hat versprochen, dass er in diesem Jahr ganz bestimmt mit dabei sein wird. Mama hat gesagt, das schönste Geschenk für mich weiß sie jetzt schon. Es wird meine neue kleine Schwester sein. Aber das finde ich blöd. Ein Kind kann man ja nicht einfach so verschenken. Außerdem wünsche ich mir ein Meerschweinchen. Es hat mich aber niemand gefragt deswegen.

Mich würden sie nicht einfach so wegschenken.

Glaube ich wenigstens.

Jetzt liegt Mama nur noch auf dem Sofa rum. Sie sagt, sie hat Angst, das Baby zu verlieren. Das verstehe ich nicht. Das Baby ist doch in ihr drin. Wie kann sie es dann verlieren? Im Fernsehen kommen schon seit ganz langer Zeit nur noch Nachrichten. Ich kann nicht so gut umschalten, immer kommt ein Sender, den ich eigentlich überhaupt nicht will. Immer kommen nur Nachrichten. Ich glaube, es ist diese Sorte Fernsehsendung, die Kinder eigentlich nicht gucken dürfen. Aber Mama ist viel zu müde, um mich wegzuschicken.

Ich glaube auch, dass sie es gerne hat, wenn ich bei ihr bin. Ich gebe mir auch Mühe, leise zu sein. Mir fällt sowieso nichts ein, was ich spielen könnte. Am liebsten wäre ich draußen im Schnee. Ich habe große Angst, dass der Winter vorbei ist, bevor Mama wieder gesund ist. Wenn der ganze Schnee geschmolzen ist, kann ich nicht mehr Schlittenfahren. Und ich möchte doch so gerne!

Puppa Nisa ist auch weg.

Das ist total blöd.

Aber sie war sowieso kaputt, und zum Schluss war sie immer nur müde und wollte schlafen.

Ich habe versucht, Mama etwas zum Trinken zu geben. In der Küche komme ich nicht dran an den Wasserhahn. Da bin ich hochgegangen und habe in meinen Zahnputzbecher Wasser hineingefüllt. Es war sehr schwierig, mit dem Becher die glatte Treppe runter zu kommen. Ich habe wohl ziemlich viel verschüttet. Aber niemand war da, der mit mir geschimpft hat. Da war ich froh.

In der Nacht hat es wieder geschneit. Ich habe mich gefreut, dass nun die ganzen toten Vögel unter dem Schnee liegen und ich sie nicht mehr anschauen muss. Ich habe mich auch gefreut, dass jetzt mehr Schnee da ist und ich vielleicht doch noch zum Schlittenfahren darf.

Da hat an der Tür eine Katze um Futter gebettelt. Ich kann das verstehen, denn die Katze hat ja sonst die Vögel gefressen, und das geht nicht mehr, weil doch die Vögel alle unter dem Schnee liegen. Wahrscheinlich tut es weh, gefressen zu werden, auch wenn man schon tot ist.

Ich habe aber trotzdem nicht aufgemacht. Es ist ja auch nicht Minka gewesen. Den roten Kater kann ich nicht leiden, aber Minka vermisse ich sehr.

Mama konnte das Wasser nicht runterschlucken. Es lief aus ihrem Mund wieder raus auf das

Kissen, auf dem sie lag. Jetzt ist das Kissen nass und ich weiß nicht, was ich machen soll. Zuerst war Mamas Gesicht rot und sie atmete so, als ob sie rennt. Dabei lag sie aber ganz ruhig da.

Jetzt ist ihr Gesicht weiß. Ihr Atem ist jetzt ganz still. Ich bin auch still.

Vielleicht habe ich geweint.

Vielleicht schwitze ich auch.

Im Fernseher stapeln sie viele weiße Pakete zu Haufen und zünden die Haufen an. Warum machen sie sich die Mühe, die Sachen einzupacken, wenn sie sie doch verbrennen? Wenn ich ein weißes Paket von meinem Papa bekommen würde – von ganz weit weg – dann würde ich das Paket auspacken. Ich würde es ganz langsam auspacken und nicht einfach so aufreißen, wie ich es gemacht habe, als ich noch klein war. Ich würde mich schon beim Auspacken freuen. Gerade eben war ein Geräusch am Briefkasten. Ich habe es genau gehört. Zuerst dachte ich, dass der rote Kater vielleicht gegen die Tür gesprungen ist und ich habe Angst bekommen. Aber es war nicht der Kater. Wir haben einen Brief bekommen, aber ich weiß nicht, wie man den Briefkasten aufmacht. Mama hat den Schlüssel, und Mama antwortet nicht, wenn ich sie etwas frage.

Da habe ich wirklich geweint, denn in dem Briefkasten liegt bestimmt ein Brief von Papa, und ich wüsste gerne, was er mir schreibt.

Soll ich rausgehen und bei Opa Bernegger klingeln?

Ich will Mama aber nicht alleine lassen.

Außerdem hat sie die Tür mit der Kette abgeschlossen, und ich weiß nicht, wie ich die Tür aufbekomme.

Ich bin durstig. Im Zahnputzbecher ist noch ein Rest Wasser. Meine Hasentasse wäre mir lieber. Aber da komme ich nicht dran. Die Hasentasse steht ganz oben im Küchenschrank.

Ich trinke.

Das Wasser ist warm. Es schmeckt nicht gut.

Ich habe immer noch Durst. Ich muss oben noch mal Wasser holen. Aber ich habe Angst vor der Treppe.

Ich könnte den Eiszapfen lutschen. Aber ich weiß nicht, wie man das Küchenfenster aufbekommt.

Es schneit wieder. Ich schaue den Flocken zu. Auf dem weißen Schnee liegen wieder viele tote Vögel. Diesmal ist es eine andere Sorte. Sie sind sehr groß und schwarz. Sie liegen da mit ausgebreiteten Flügeln.

Es sind Raben, glaube ich. Sie sind wirklich sehr groß. Der rote Kater wird sie nicht alle auffressen können.

Ich bin jetzt sehr müde.

Abgetaucht

Das Licht fällt nicht umsonst
Senkrecht.
Wer die Augen schliesst,
sieht blaue Sensen am Himmel.
Ein Uhr mittags. Die Blumen
hingen mit gebrochenem Genick
in der Windstille.

(Karl Krolow)

Verglichen mit der Beschreibung im Ferienkatalog gab es diesmal keine Enttäuschung. Man konnte zufrieden sein und die kostbare Zeit der Erholung in vollen Zügen genießen. So schrieben sie es jedenfalls auf die Postkarten. Stereotyp verwendeten sie die Vokabeln weiß, strahlend, kristallklar, tiefblau, Himmel und Meer, ergänzt wahlweise um die Floskeln ›Wir erholen uns richtig gut‹ und ›Schöne Grüße auch an die Daheimgebliebenen‹.

Die Postkarten würden in etwa zwei Wochen ankommen. Dann wären sie längst schon wieder daheim und hätten sowieso schon alles erzählt.

Die Tochter schrieb keine Postkarten. Insgeheim hatte sie sich andere Ferien ausgemalt. Freier. Irgendwie. Mit Dingen und Situationen, die prickelnder waren als die nächtliche Strand-Disco oder die Riesenrutsche. Mit den Erwartungen der Eltern waren diese inneren Bilder allerdings nicht in Einklang zu bringen. So waren ihre Vorstellungen zwar bunt und lockend, aber gleichzeitig schmerzlich vage. Es ging ihr doch gut. Kein Grund zur Klage. War sie nur ein undankbares, kleines Biest? Was war mit ihr los?

Die Eltern jedenfalls waren zufrieden. Vater lag kurz nach dem Frühstück schon auf dem reservierten Liegestuhl – lag dort wie aufgebahrt, mit schlampig erschlafften Gesichtszügen und zurückgesunkenem Unterkiefer und erwachte erst zu einer Art zombiehafter Wiederauferstehung, wenn

Barbecue-Düfte durch die Hotelanlage waberten. Mutter machte mit eingezogenem Bauch lange, einsame Strandspaziergänge. Von Zeit zu Zeit sprang sie mit unechten, spitzen Schreien vor einer Welle zurück oder bückte sich kokett nach einer Muschelschale. Nie wagte sie sich ins Meer. Dort gab es nämlich giftiges Getier. Aber der eigentliche Grund war, dass sie um ihr Make-up fürchtete. Maskenhaft zurechtgemacht, die Gesichtszüge unter einem Kunstfaserturban energisch zurückgezurrt, plätscherte sie nachmittags im eisblauen Pool. Es schien so, als weiche das Wasser vor ihr zurück, als gefröre es, wenn es nur in die Nähe ihres Körpers kam.

Die Tochter hielt Abstand von den Eltern. Sie stürzte sich in einen blau-weißen Strudel alkoholschwangerer Nächte und klirrend musikerfüllter Tage. Wenn sich die drei beim Frühstück oder am nachmittäglichen Kuchenbuffet begegneten, musterten sie sich insgeheim wie Schicksalsgenossen einer potenziell tödlichen Chemotherapie. Aber sie sagten sich nur Belanglosigkeiten, lächelten sich zu und gingen wieder auseinander.

Am letzten Ferientag verließ die Tochter die Hotelanlage. Allein. Irgendwann fand sie sich wieder an einer breiten, lebhaft befahrenen Straße, nahm mehrere Anläufe, schreckte zurück, versuchte es erneut, kehrte entmutigt wieder um. Autofahrer hupten, einer gestikulierte durch das heruntergelassene Seitenfenster, so als wolle er sie unter allen

Umständen davon abhalten, die Straße zu überqueren. Trotz flammte in ihr auf, und beim nächsten Anlauf schaffte sie es mit angehaltenem Atem zumindest bis zum Mittelstreifen. Ein Schauer kleiner Schottersteinchen knallte schmerzhaft gegen ihre Schienbeine und ein LKW donnerte vorbei, so nah, dass sie ihn hätte berühren können. In einer Woge heißer, benzingeschwängerter Luft schaffte sie es schließlich auf die andere Straßenseite, die ihr vorkam wie ein rettendes Ufer. Ein schmaler asphaltierter Weg führte linker Hand bergab zwischen Weinbergen, Feldern und Gärten, die wie tot in der Mittagsstille lagen. Mit jedem Schritt abwärts verblasste der zischende Puls des Straßenverkehrs. Andere Geräusche erwachten: das verirrte Krähen eines unsichtbaren Hahnes, dem aus der Ferne ein heiserer Hund antwortete. Sie hörte ihre Schritte auf dem heißen Asphalt und das Kollern kleiner Kieselsteine, die sie zur Seite kickte. Bald jedoch verengte sich der Weg zu einem staubbedeckten Pfad, der die Geräusche ihrer Schritte erstickte. Eine dünne, schwarz glänzende Schlange glitt seitwärts ins gelblich-dürre Gras. Kein Halm regte sich. Das Mädchen blieb stehen und sah sich um. Sah die Böschung, überzogen von harten Halmen. Dazwischen, eingelassen in die nackte Erde, wie in den Mörtel einer Korallenbank, hunderte, nein tausende winziger Schneckenhäuser. Fast alle waren mit grober Gewalt aufgebrochen worden, boten die zierliche

Wendeltreppe in ihrem Inneren schutzlos der Sonne dar. Rötliche Erde füllte den Hohlraum, wo die Schnäbel hungriger Vögel das weiche Innere gierig herausgepickt hatten. Eine unbarmherzige Sonne bleichte die Reste, der Wind zerrieb die Schalen zu Sand und flüchtig blitzte in dem Mädchen der Gedanke auf, dass weißer Strand und dämpfender Staub nichts anderes seien als die Überreste Millionen vergessener Leben. Zum ersten Mal in diesem Sommer roch das Mädchen den harzigen, bitteren Hauch der Pinien, vermischt mit dem staubigen Atem der Erde. Sie lächelte. Es fühlte sich so ähnlich an wie Glück. Mit einem tiefen Seufzen frischte der Wind auf und brachte einen Hauch frischer Kühle. Ganz in der Nähe musste Wasser sein.

Der Teich ruhte in einem schattigen Hain wie ein schreckhaft aufgeschlagenes Auge. So war das Mädchen auch nicht im Geringsten erstaunt, dort die Wasserfrau anzutreffen. Sie schien im klaren Wasser zu schweben, den elfenbeinernen Leib umflossen von einer Flut grün schimmernder Haare, im schräg einfallenden Sonnenlicht durchwoben von feuerfarbenen Reflexen. Das schmale Gesicht hatte so gar nichts Fischartiges, sah man von den vorgewölbten goldschimmernden Augen ab. Wie Wasserpflanzen trieben die biegsamen Arme neben ihrem bleichen Körper. Galionsfiguren und die Nixen in Märchenbüchern pflegten die

Arme sittsam vor dem Oberkörper zu verschränken. Diese Arme jedoch führten ihr eigenes Leben; tastend, suchend, haltend, loslassend, wiegend wie Tentakel. Die unbedeckten, strahlenden Brüste waren sehr groß und dennoch schwebend leicht. Unwillkürlich hob das Mädchen eine Hand zu ihren eigenen Brüsten. Sie waren viel kleiner, erschienen ihr jedoch meist als Belastung, störten beim Sport oder beim Tanzen, waren eigentlich ständig im Weg. Jetzt, als sie sich berührte, während sie verstohlene Blicke auf die Nacktheit der Wasserfrau warf, spürte sie so etwas wie Versöhnung. Vielleicht sogar einen Anflug von Lust.

Unterhalb des Nabels verschwammen die Konturen der Wasserfrau im Schatten des dunkeltiefen Wassers. So konnte das Mädchen nicht erkennen, ob der bleiche Körper in einem Fischschwanz endete oder auf zwei Beinen ruhte wie ein Menschenleib. Mit beiden Händen strich sie sich, wie nach Sicherheit suchend, über die sonnenverbrannten Oberschenkel. Sie streifte die Schuhe ab und tastete sich über den weichen, nachgiebigen Boden. Kleine Mulden öffneten sich schmatzend unter ihren Fersen, der Grund schien sich an ihren Sohlen festzusaugen und gab sie nur zögernd wieder frei. Tat sie einen Schritt, blieb sekundenlang ein merkwürdig konturloser Fußabdruck; dann glättete sich die Oberfläche wieder, als sei dort nie jemand gegangen. Dicht am Ufer lag im seichten Wasser ein etwa mannsgroßer Kalksteinbrocken. Er sah aus wie ein überdimensionaler Wirbelknochen, dessen Bögen und Fortsätze allerdings abgeschliffen und halb im Morast versunken waren. An einigen Stellen trat das feinkantige Innere des Gebeins offen zutage wie ein Mosaik. Die breite Fläche des Wirbelkörpers jedoch war von Moos überwachsen und lud zum Sitzen ein. Um dorthin zu gelangen, musste sie durchs Wasser: Sechs, nein, sieben Schritte, vorsichtig über den Kieselgrund schlüpfend, umspielt von unsichtbaren Fischen und unter dem goldenen Blick der Wasserfrau watete sie hinüber. Das Wasser reichte ihr fast bis zu den Knien und war sehr kühl. Auf dem Stein angekommen, zog sie die Beine eng an den Körper. Von der Sonne erwärmt, hätte sie sie bald wieder ins Wasser baumeln lassen können, unterließ dies aber aus einer merkwürdigen Scheu heraus.

Es blieb eine kleine Verlegenheit, wie denn das Gespräch mit einer Wasserfrau zu beginnen sei. Begegnungen mit Erwachsenen hatten sich in den letzten Monaten zunehmend als schwierig herausgestellt. Auch jetzt drängten sich ihr nur spröde, sperrige Sätze in den Mund. So schluckte sie alle Fragen hinunter und wartete erst einmal ab. Das Gesicht der Wasserfrau kam näher. Es trieb auf der Wasserfläche, wie eine auf grünen Tang gebettete gelbbleiche Seerose. Der Körper verschwand vollkommen im schwarzgrünen Wasser. Unmittelbar vor dem Stein schien der Teich sehr tief zu sein. Die Wasserfrau umging die störrische Befangenheit des Mädchens und begann das Gespräch mit einer einfachen Frage: »Woher kommst du?«

Ihre Stimme war die reinste Enttäuschung. Zwar klang sie weich und voll, wie zum Singen geschaffen, aber sie hatte so gar nichts vom Rauschen eines Wasserfalls oder vom Murmeln eines Baches. Nein, sie klang wie eine ganz normale Menschenstimme. Ernüchtert, gleichzeitig aber auch beruhigt und vertraut gemacht, hob das Mädchen die Hand. In einer vagen Geste über die Wiesen deutend, antwortete sie: »Von da hinten.«

Sachte streckte sie ein Bein, bis ihre Zehenspitzen auf der Wasseroberfläche Kreise malten. Dann spann sie den ihr zugeworfenen Faden ein Stückchen weiter: »Und du? Woher kommst du?«

Das Nixengesicht streckte sich etwas weiter empor, der bleiche Hals tauchte auf und dann die zarten Schultern. Die Wasserfrau machte eine ähnlich unbestimmte Geste, indem sie mit dem Kinn seitwärts deutete und sagte: »Von da unten.«

Es klang sicher kindisch, aber sie musste es einfach fragen: »Wohnst du in einem Palast aus Glas?«

Die Wasserfrau lachte leise, neigte den Kopf, öffnete die blassen, vollen Lippen und trank einige Schlucke, was im Mädchen ein leichtes Ekelgefühl hervorrief. Sie konnte sich den Grund nicht erklären, denn das Wasser war klar und sauber.

»Nein«, antwortete sie. »Ich wohne nicht in einem Palast – mein Heim ist eine Höhle im Teichgrund;

schön glatt und warm. Ich schlafe in einem Bett aus weichem, anschmiegsamem Schlamm.«

Mutiger geworden beharrte das junge Mädchen jedoch auf seiner Idee vom Wasserschloss. »Dein Mann«, forschte sie, »Ist er denn nicht ein reicher und mächtiger König in der Wasserwelt?«

Wieder lachte die blasse Frau, und diesmal klang es tatsächlich wie das fröhliche Gluckern eines verspielten Bächleins. »Mein Mann«, wiederholte sie amüsiert. »Ach, Kind, es gibt so viele Männer auf dieser Welt – und alle fühlen sich wie Könige. Aber das hier ist mein Reich!«

Das mit den vielen Männern war eine Binsenweisheit und außerdem ärgerte sich das Mädchen, dass sie Kind genannt wurde. Sie zeigte ihre Gefühle aber nicht und ließ die Wasserfrau weiterreden. Die hob nun einen Arm auf den Knochen-Stein und zupfte gedankenverloren am saftigen Moos.

»Jedes Frühjahr kommt ein neuer Mann zu mir«, fuhr sie fort. »Und dann feiern wir Hochzeit. Für ein paar stürmische, bewegte Tage kommt dann das Wasser im Teich nicht mehr zur Ruhe – wenn du verstehst, was ich meine.«

Das Mädchen starrte peinlich berührt auf die eigenen Beine.

»Die Menschen nennen das wohl Liebemachen«, ergänzte die Wasserfrau. Ihre Stimme klang auf einmal ungeduldig, so als ärgere sie sich über die

Begriffsstutzigkeit des Mädchens. »Weißt du denn überhaupt, was das ist, Liebemachen?«

»Kann sein«, gab das Mädchen betont unbeteiligt zurück und dachte dabei an den Freund der letzten Schulwochen. Liebemachen – ja sicher, gemacht hatten sie einiges. In Erinnerung waren ihr aber lediglich feuchte, saugende Küsse, bei denen sie nie recht wusste, wohin mit Zunge und Lippen und aus Verlegenheit die Augen schloss – nicht etwa aus Verlangen, wie ein unbefangener Beobachter hätte glauben können. Entsprachen diese hastigen Fummeleien der landläufigen Vorstellung von Liebemachen? Konnte man Liebe machen, wie Hausaufgaben zum Beispiel? Sie war sich sicher, dass der Freund nur ein sozialkundliches Experiment gewesen war, vielleicht auch ein chemisch-physikalisches. Alle hatten einen Freund, alle taten es. Seit Beginn der Ferien hatte sie keinen Gedanken mehr an ihn verschwendet.

»Nein, eigentlich habe ich keine Ahnung«, ergänzte sie. »Ich weiß nicht, was Liebe ist.«

»Liebe – ach, du meine Güte – wer spricht denn von Liebe!«, gluckerte die Blasse, die Schöne, die Perlende, richtete sich auf und zeigte ihren Leib bis zum Nabel, strich die Haare aus der Stirn, folgte den grün schimmernden Kaskaden bis an die Hüften, wo ihre Haut schuppig zu glänzen schien. Wieder aufwärts bewegten sich die Finger wie zehn schmale, kriechende Tiere, über die Brüste streichelnd, flüchtig, aber doch mit Nachdruck, so dass

sich die bläulich schimmernden Brustwarzen aufrichteten. Schließlich fanden die Hände Ruhe,
verschränkt hinter dem Kopf, vergraben in der
Haarfülle. Aber nur scheinbar hielt sie still, denn
bald schon löste sich die eine Hand, um eine
verirrte grüne Strähne aus dem Mundwinkel zu befreien. Dann ruhte sie wieder, maliziös lächelnd, in
nachlässiger üppiger Schönheit, als erwarte sie das
Streicheln gieriger Hände.

»Was ist das schon – Liebe«, murmelte sie und
dann polterte ihre Stimme wie Wasser, das Steine
gegeneinander schlägt, um gleich darauf wieder
weich und lockend zu klingen: »Liebe ist flüchtig,
Liebe ist dunkel, Liebe ist gefährlich, Liebe ist wie
ein reißender Fluss, tief und stark und nicht zu
bändigen. «

Nein – wollte das Mädchen sagen, rufen, empört
schreien – Liebe ist hell und sanft, sie bleibt und
verlässt dich nie; Liebe ist Heimat und Liebe ist das
Leben! Aber sie wagte nicht auch nur ein Wort zu
sagen, starrte nur auf die Wasserfrau, die immer
näher heranglitt, sich aus dem Tümpel emporstreckte und gegen den Stein schmiegte. Ihre
kühlen Fingerspitzen zeichneten die bläulichen
Adern auf dem Fußrücken des Mädchens nach.
Sacht streichelte sie die rosigen Zehennägel, die
zart und zerbrechlich schienen wie die Panzer der
Scampi auf dem Hotelbuffet. In den letzten Tagen
hatte das Mädchen Unmengen dieser Krebse aufgeknackt und verschlungen, und auf einmal

kamen ihr die ausgebleichten, von gierigen Vögeln zerhackten Schneckenhäuser in den Sinn. Sie spürte, wie ihre Füße in eisiger Kälte erstarrten. Dann kroch das Gefühl hinauf, weiter und höher bis an die Innenseite ihrer Schenkel, die sie in hilfloser Abwehr aneinanderpresste. Zärtlich wanderten die Finger der Wasserfrau weiter, glitten immer höher, erreichten die goldbraune Haut der Unterschenkel, kitzelten verführerisch in den Kniekehlen. Jetzt verwandelte sich das Kältegefühl in ein Feuer, eine stetige Glut, angenehm, zehrend, verwirrend. Das Mädchen rückte zurück. Weiter ging es nicht. Die Sitzfläche war zu klein. Verzweifelt plaudernd wollte sie die Unverfänglichkeit der ursprünglichen Situation wiederherstellen.

»Wo ist dein Mann denn jetzt?« Eine bessere Frage wollte ihr nicht einfallen. Die Wasserfrau ließ ihre Hand dort liegen, wo sie gut lag.

»Ich sagte dir doch, sie bleiben nie lange. Jedes Jahr kommt ein neuer.«

»So viele Männer?«, staunte das Mädchen.

»Ja, seit Hunderten von Jahren. Nur einer hat versucht zu bleiben. Aber du kannst ja selber sehen, was aus ihm geworden ist.«

»Wo ist er?«

Suchend blickte sich das Mädchen um.

»Du sitzt auf seinem Buckel«, bemerkte die Wasserfrau trocken und hob einen Mundwinkel. »Keine Sorge – er spürt nichts mehr, schon lange nicht mehr. Er war der Erste und ein Jahr lang dachte ich, er wäre der Einzige. Aber ein ganzes langes Jahr hat er nicht überstanden, hat sich immer mehr verhärtet, ist ausgetrocknet, starr und unbeweglich geworden.«

»Hast du das gemacht?«, flüsterte das Mädchen mit einem Anflug von Tadel in der Stimme.

»Natürlich nicht«, war die spöttische Antwort. »Das hat er ganz alleine geschafft. Dieser Nöck, der Wassermann, mein moosbewachsener König.«

Unbehaglich rückte das Mädchen auf ihrem Sitz hin und her. Schließlich kniete sie nieder, kauerte sich zusammen, die Ellbogen aufgestützt und die Brüste auf die glutwarmen Oberschenkel gepresst.

Sie schaute auf das Gesicht der Wasserfrau, wie auf ihr eigenes Spiegelbild, das fremd war und vertraut zugleich.

»Du hast so schöne grüne Augen«, flüsterte ihr die weiche Stimme entgegen. Sie neigte sich tiefer, so dass ihre langen honigfarbenen Haare über die runden Schultern rutschten und ins Wasser hingen. Die Haarspitzen verfärbten sich dunkel und vermischten sich mit den schwimmenden grünen Haarwolken der Wasserfrau.

Die hauchte: »Wie schön du bist«, und sank mit jeder Silbe ein wenig tiefer. Ihre Blässe schimmerte in der Tiefe wie ein lockendes Licht. Aber je weiter sich das Mädchen vorbeugte, desto mehr verschwamm alles vor ihren Augen. Da war nur noch dieses Licht, das ihren Blicken eine Richtung gab. Nun öffneten sich die Lippen der Nixe ein wenig und das Wasser strömte in ihren Mund wie flüssiges, hellgrünes Glas. Doch sie trank nicht nur das Wasser. Auf einmal verschwand der Schleier vor den Augen des Mädchens und sie sah wieder klar. Nun erkannte sie die kleinen, durchsichtigen Wesen, die im Mund der Wasserfrau verschwanden. Es waren Hunderte, nein, Tausende zarter, verletzlicher Larven, die sich gleich gläsernen Kaulquappen in der Tiefe tummelten. Großäugig waren sie, mit weichen Kindergesichtern und nichts Fischartiges war an ihnen, außer den vorgewölbten Augen.

Empörung und Ekel schüttelten das Mädchen. Sie richtete sich auf und schrie: »Du frisst ja deine eigenen Kinder!«

Die Wasserfrau tauchte wieder auf; umwimmelt von gläsernen Larven. Sie lächelte müde und schlürfte, wie zum Spaß, noch einmal laut und vernehmlich. »Ach, Kindchen«, sagte sie und nun hatte diese Anrede etwas Bedrohliches. »Kindchen, es sind ja so viele – so viele – und jedes Jahr gibt es wieder neue.«

Dann sank sie wieder tiefer und das Mädchen musste sich weit vornüberbeugen, um sie zu verstehen. Es kamen jedoch keine Worte mehr, nur ein Lachen. Die Wasserfrau öffnete den Mund weit und das grausige Lachen stieg mit den entweichenden Luftblasen zur Wasseroberfläche, platschte und gurgelte und entwickelte sich zu einem Strudel, der alles, was dort oben schwamm, in die Tiefe saugte. Das Mädchen starrte in den bleichen Schlund, der sich öffnete und wieder schloss, die zahnlose Höhle, das Fischmaul, dieser alles verschlingende Schlund. Entsetzt klammerte sie sich an den Kanten des Steins fest, ihre Finger krallten sich ins Moos und sie zog die Knie hoch bis zum Kinn. Wellen leckten über den Stein, aber ihre Kraft reichte nicht aus, um sie von ihrem Sitz zu spülen. So blieb sie sitzen, zusammengekauert, atemlos und mit tränenblinden Augen in die Tiefe starrend, bis sich der Aufruhr da unten legte und die Fluten wieder zu einer trügerischen Ruhe fanden. Sie hätte nicht sagen können, wie viele Stunden sie dort auf dem bemoosten Stein zugebracht hatte. Als sie sich ins Uferwasser schob, versagten ihr die Beine fast den Dienst. Mehr kriechend als watend, auf allen vieren wie ein waidwundes Tier, schleppte sie sich ans schlammige Ufer und zog sich an der Böschung hoch, bis sie endlich in Sicherheit war.

Taumelnd setzte sie sich in Bewegung. Ihre Schuhe fand sie nicht mehr und als sie schließlich, mitten in der Nacht, mit blutigen Füßen, verfilztem Haar und zerrissenen Kleidern vor der Hotelanlage stand, wollte man sie zuerst gar nicht hereinlassen.

Niemand kannte ihren Namen. Irgendwann erinnerte sich ein Kellner an den Fall des vermissten Mädchens. Die Polizei habe nach ihr gefahndet und eine Weile seien Suchplakate mit ihrem Bild an Laternenmasten und Bäumen gehangen. Die Eltern seien schließlich unverrichteter Dinge wieder abgereist und man habe nie wieder etwas von ihnen gehört. Man habe angenommen, dass sie davongelaufen oder zu weit ins Meer hinausgeschwommen sei. Es hätte keine Hinweise gegeben auf eine Entführung oder ein Verbrechen. Was die Menschen ihr erzählten, klang unglaublich verwirrend. Sie verstand ihre Sprache nur bruchstückhaft und die einzelnen Worte drangen kaum durch das Rauschen in ihren Ohren. Vor ihren Blick legte sich immer wieder ein schlieriger Schleier, der sich kaum wegblinzeln ließ.

Man gab ihr ein Zimmer mit einem sauberen Bett. Sie solle erst einmal schlafen, beschied man. Am nächsten Morgen würde man weitersehen.

Als sie die Augen wieder aufschlug, drang gedämpftes Licht in ihr Zimmer. Sie sah ihre Umgebung immer noch unscharf, wie durch eine falsch angepasste Brille. Es gelang ihr kaum, sich im Bett herumzuwälzen. Sie schlug die Decke zurück: Ihre Beine waren verschwunden.

Über Nacht waren sie zu einem schuppigen Fischschwanz zusammengewachsen.

CLAUSTROPHOBIA

VERY, VERY DREADFULLY NERVOUS I HAD BEEN AND
AM; BUT WHY WILL YOU SAY THAT I AM MAD? THE
DISEASE HAD SHARPENED MY SENSES. […] ABOVE ALL
WAS THE SENSE OF HEARING ACUTE.
I HEARD ALL THINGS IN THE HEAVEN AND IN THE
EARTH. I HEARD MANY THINGS IN HELL. […] AND
OBSERVE HOW HEALTHILY, HOW CALMLY, I CAN TELL
YOU THE WHOLE STORY.

(E.A. POE)

*Z*u Beginn hatte sie das Kind noch festgehalten. Sie hatte sich eingeredet, ihm auf diese Weise ein Stück Geborgenheit zu geben. Als das Kind jedoch begann sich in ihren Armen zu winden, als es strampelte und nicht aufhörte zu weinen, erkannte sie, dass sie selbst es war, die über den Körperkontakt Trost suchte. Nur widerstrebend hatte sie es losgelassen. Aber das Kind konnte nicht weglaufen. Dafür war der Raum zu klein. Schnell suchte es auch wieder ihre Nähe. Obwohl nichts half. Gegen die Kälte. Gegen Hunger und Durst. Gegen diese absolute Trostlosigkeit. Es mochte wohl der dritte Tag ihrer Einkerkerung gewesen sein, als das Kind kein Lebenszeichen mehr von sich gab.

›So schnell‹, dachte sie. ›So schnell geht das also‹. Oder war es doch schon der fünfte Tag gewesen? In diesem absoluten Dunkel und ohne Uhr war es unmöglich, den Wechsel von Tag und Nacht zuverlässig zu bestimmen. Zuletzt hatte sie noch ein leises Wimmern wahrgenommen. Aber vielleicht war es gar nicht mehr der Atem ihres Kindes gewesen, den sie gehört hatte, sondern der Wind, der unablässig über die Außenwand des Hauses strich. Als der Körper des Kindes allmählich erkaltete, versuchte sie zu begreifen, dass dieses Zimmer auch für sie zum Grab werden würde. Sie begriff es – fassen konnte sie es nicht.

Endlich war auch dieser Abschnitt beendet. Ich streckte genüsslich die Beine und lehnte mich entspannt zurück, bis die Lehne des alten Holzstuhls knackte. Wie oft hatte ich den Text umgeschrieben? Zuerst hatte ich die Situation der in einem Zimmer eingemauerten Mutter drastischer geschildert. War auf alle körperlichen Bedürfnisse eingegangen und hatte vor allem die Not einer Mutter in den Vordergrund gestellt, die ihrem vor Hunger und Durst schreienden Kind keine Linderung seiner Qualen bieten konnte. Ich dachte mir das Kind etwa einjährig. Bereits der Mutterbrust entwöhnt, aber noch nicht der Sprache mächtig, was der Szene eine zusätzliche Dramatik und einen geradezu archaischen Touch gab. Trotzdem blieb ich unzufrieden. Denn zwangsläufig drängten sich mir mit geradezu obszöner Beharrlichkeit Szenen der Notdurft auf: Sollte ich beschreiben, wie die Windeln des Kindes nass und schwer wurden? Wie die Mutter sich in einem Winkel erleichterte? Musste ich dann nicht auch den Gestank erwähnen? Wenn ich mich schreibend zu sehr in die Wahrnehmung solcher Tatsachen vertiefte, wurde auch mir übel. Wenn ich schilderte, wie die Mutter mit ihrem Urin den brennenden Durst zu löschen suchte, fühlte auch ich mich als Autorin entwürdigt. Selbstverständlich wäre ich problemlos in der Lage gewesen, solche drastischen Szenen zu beschreiben, solche – und noch weitaus schlimmere … aber ich wollte es nicht.

Während ich über dieses Thema nachdachte, spürte ich selbst ein menschliches Bedürfnis. Ich lächelte über dieses Zusammentreffen von Realität und Fiktion. Ein wenig Bewegung würde mir jedoch guttun. Ich stand also auf und erntete mit beiden Händen imaginäre Äpfel in der Luft, so wie ich es in einem Gymnastikbuch gelesen hatte. Meine gestreckten Fingerspitzen berührten dabei zu meinem Erstaunen die Zimmerdecke. Bis jetzt war mir nicht aufgefallen, dass dieses Zimmer so niedrig war. Fast schien es so, als hätte sich die Zimmerdecke gesenkt. Innerlich ging ich sofort auf Distanz und schaute mir selbst über die Schulter. Entzückt beobachtete ich, wie das von mir geschaffene literarische Motiv der Einkerkerung immer realer wurde. Wie üblich zahlte ich beim Schreiben einen Preis; diesmal waren es klaustrophobische Gefühle. Aber erst dadurch konnte ich die Not der eingemauerten Frau so schildern, dass vielleicht der eine oder andere Leser später das Buch zur Seite legen würde, zum Fenster ginge und es öffnete, um dann sehr lange hinausschaute, während er bewusst tief einatmete. Nur zögernd, wie unter Zwang, nähme er dann die Lektüre wieder zur Hand und hätte dabei ein unbehagliches Gefühl im Nacken. Ein Gefühl, das ihn bis in die Träume verfolgen würde.

Ich rüttelte und zerrte eine Weile an der Klinke, bis die Tür endlich widerstrebend aufsprang. Das Haus war sehr alt. Das erklärte einige seiner Eigenarten, an die ich mich nur widerwillig gewöhnt hatte. Schiefe Winkel und klemmende

Türen gehörten dazu. Ich verschwendete keinen überflüssigen Gedanken an die Tür. Als ich von der Toilette zurückkam, schloss sie sich ohne Widerstand.

Tief in ihrem Inneren hatte sie gewusst, dass ihr Handeln Konsequenzen haben musste und dass sie Strafe verdiente. Dennoch war dieses Wissen abstrakte Gedankenspielerei geblieben, hatte sie doch niemals ernsthaft angenommen, dass ihr tatsächlich jemand auf die Schliche kommen würde. Außerdem lebte man hier in einem zivilisierten Staat mit humaner Gesetzgebung. Das Risiko schien kalkulierbar. Zur Not konnte sie immer noch ein Geständnis ablegen. Obwohl sie nicht recht wusste, was sie eigentlich hätte gestehen sollen: Handelte es sich um den Straftatbestand der Beihilfe? Oder war es Tötung durch Unterlassung gewesen? Manchmal hatte sie vage darüber nachgedacht, Beratung durch einen Rechtsanwalt zu suchen, aber auch diese Gedanken wurden niemals konkret. Ein Geständnis würde Strafmilderung bringen, zumindest das wusste sie. Vormittags hatte sie nämlich mit Vorliebe Reality- Shows über juristische Themen gesehen. Stundenlang hatte sie in der Küche vor dem Fernseher gesessen, während sie darauf wartete, dass das Kind nach ihr rief – oder er.

Ob die Behörden ihr das Kind weggenommen hätten? Nein, das wäre unwahrscheinlich, denn heutzutage gab es Mutter- Kind-Gefängnisse. Der

Strafvollzug war humaner geworden. Er diene der Resozialisierung und nicht der Rache, hieß es. Sie war jung, und sie hatte einen Fehler gemacht, einen großen

Fehler. Er hatte es anders genannt: Gnade. Unermüdlich hatte er ihr die alltägliche Mühsal und die Hinfälligkeit seiner Schwiegermutter in allen widerlichen Details vor Augen geführt.

»Sie ist doch meine Mutter«, hatte sie gesagt. »Ich muss auch meinem Kind den Hintern abwischen. Da sieht man solche Dinge eventuell ein bisschen anders.«

Sie sagte ›eventuell‹ und ›ein bisschen‹, denn sie war nicht sicher, wie man diese Dinge zu sehen hatte. Sie war jung und unerfahren – noch nie zuvor, hatte sie sich mit Gedanken an einen Pflegefall auseinandergesetzt. Auch die Mutter hatte zeitlebens nie über schwierige Themen gesprochen. Und jetzt war es zu spät. Seit dem letzten Schlaganfall wiederholte sie in einem monotonen Singsang nur noch wenige polnische Brocken, die bei der Tochter manchmal Sentimentalität hervorriefen, öfters jedoch einen unerklärlichen Zorn. Wahrscheinlich hatte er recht und es wäre eine Gnade.

Eines Tages hatte sie den Widerstand aufgegeben. Nicht, dass sie in irgendeiner Form aktiv geworden wäre. Nicht, dass sie die Tabletten gesammelt, sie zerbröselt und in süßer Honigmilch aufgelöst hätte, dem einzigen Nahrungsmittel, das die alte Frau noch akzeptierte. Nicht, dass sie den

Strohhalm gehalten oder den sich unwillig abwendenden Kopf sanft wieder zurückgedreht hätte. Das Getränk hatte sicher ungewohnt geschmeckt, obwohl sie zuletzt, als er es schon hineintragen wollte in das Krankenzimmer, ganz zuletzt, ihm noch nachgelaufen war und einen zusätzlichen Löffel Honig hineingerührt hatte, da sie ihrer Mutter diese allerletzte Bitternis ersparen wollte. Süß sollte ihr Hinübergleiten sein.

»Es ist zu unser aller Besten«, hatte er gemurmelt und ihr nicht in die Augen gesehen.

Sie war ins Kinderzimmer geflüchtet und hatte das Kind betrachtet, das dort lag und schlief, rosig und ganz gelöst. Sie hatte nicht gewagt, es zu berühren, auf einmal voll wilder Angst, das Kind, das unschuldige Kind mit dem Gift ihrer Schuld anzustecken.

Sie verdiente Bestrafung. Seit diesem Augenblick im Kinderzimmer, als sie das schlafende Bündel Mensch betrachtete und sich dabei vorstellte, wie er die letzten Honigreste, vermischt mit Tablettenkrümeln aus dem Glas schabte und sie der Alten zwischen die in hilflosem Widerstand zusammengepressten Kiefer zwang. Seit diesem Augenblick wusste sie, dass die Strafe unausweichlich kommen musste.

Dass es Sippenhaft und die Todesstrafe sein würden, war ihr jedoch nicht klar gewesen.

Ich hatte mich dagegen entschieden, den Figuren in meiner Geschichte den letzten Rest von Würde zu rauben, obwohl mir klar war, dass meine Auftraggeber es gerne sahen, wenn ich drastische Details beschriebe. Solche, die ein wohliges Gruseln bei den Lesern hervorriefen, sodass sie schnell den Blick von den Buchseiten hoben, um sich der gewohnten Umgebung zu versichern, dieser trügerischen Zuflucht. Je schlechter es den Kunstfiguren eines Romans ging, desto besser fühlten sich für gewöhnlich dessen Leser. Sie erlebten sich dann auf beruhigende Weise mit der Realität verbunden, nicht erkennend, dass sie nicht verbunden waren, lediglich angebunden, gefesselt an einen Pflock wie ein Vieh, das alles Gras in seiner Reichweite abgeweidet hatte. Ich bot in meinen Geschichten niemandem Zufluchten an, wusste ich doch selbst nicht, wohin ich flüchten sollte oder zu wem; ich bot einzig das schmerzliche Gefühl von Trennung, Überdruss, ja Ekel – aber Gott sei Dank lasen die Menschen nicht so genau. So genau wollten sie es gar nicht wissen. Trotzdem ließ ich es zu, dass seit Tagen diese Angst auf mich niederfiel, wie der Schlag einer Axt; wie ein tödlicher Hieb, der auf den Nacken des Schlachtviehs niedersaust. Und genauso empfing ich dieses Gefühl: wie ein Vieh, dessen Hals niedergedrückt wird auf einen splittrigen Holzblock. Und seit heute war ich sicher, meine Leser würden dieses Gefühl auch empfinden. Für einen kurzen Moment nur. Und es war auch nicht wichtig, ob dieses Gefühl echt war oder ein flüchtiger Kitzel. Wichtig war allein, dass sie es empfänden. Denn nur dann würde auch dieses Buch wieder ein Erfolg werden.

Sie wusste, dass ihre Chancen minimal waren. Zu abgelegen war das Haus, zu weitläufig das park-ähnliche, mit uralten Bäumen bestandene Grund-stück, die Wände zu dick. Kein Rufen und kein Klop-fen würde nach draußen dringen. Der Einzige, der sie in diesem Haus hören konnte, war er. Und er würde sich taub stellen, wenn er es nicht vorzog, für die Zeit ihres Todeskampfes nach Spanien zu ver-schwinden, seinem bevorzugten Zufluchtsort im Sü-den. »Meine Zuflucht«, hatte er immer gesagt und sie dabei angelächelt. Sie war so naiv gewesen zu glau-ben, er bezeichne mit diesen Worten seine Ehe, seine junge Frau und das Kind. Die Familie, die er gegründet hatte, spät genug, aber immerhin. Aber die Familie war für ihn keine Zuflucht. Wahrschein-lich hatte er sich schon immer taub gestellt gegen jegliche Bedürfnisse, die außerhalb seiner selbst lagen. Taub wie Heinrich. Heinrich, der Gärtner und Hausdiener. Heinrich, der irgendwo abgeschieden auf dem Grundstück lebte, manchmal auch tage-lang verschwand. Heinrich, der mit Tieren sprechen konnte. Der Hunde liebte, dafür aber Katzen hasste. Heinrich, der Dorfdepp. Niemand würde auf ihn achten, wenn er stammelnd und jemanden am Är-mel zupfend Aufmerksamkeit suchte. Nach dem Tod der Mutter hatten sie schon einmal das Haus durchsucht, aber nichts Verdächtiges gefunden. Ein zweites Mal würden sie sich die Mühe nicht machen. Und seit der Hund vergiftet worden war und Heinrich ihn in einer flachen Grube verscharrt hatte, weit draußen bei den Blutbuchen, seitdem war Heinrich noch unzugänglicher geworden. Nein, von ihm war keine Hilfe zu erwarten.

Der kleine Körper des Kindes hatte mittlerweile die Kälte des Steinbodens angenommen. Sie hatte ihn so weit wie möglich von sich fort in eine Ecke geschoben, nachdem sie ihn zuerst geschüttelt und angeschrien, dann nur noch festgehalten hatte. Jetzt, wo sich nichts mehr sträubte, nichts mehr wegstrebte von ihr, hatte sie Stunden mit dem Kind in den Armen verbracht oder auch nur Minuten. Aber jetzt brauchte sie alle Kraft, um hier herauszukommen. Trauern konnte sie immer noch. Später.

»Die Toten wohnen im Himmel«, hatte die Mutter gesagt. »Dort sehen wir uns alle wieder.«

Eine seltsame Vorstellung, dass die Mutter nun schon seit vielen Monaten dem Vater wieder begegnete. Ewigkeit um Ewigkeit würden sich die beiden nun ansehen – und hatten sich doch schon zu Lebzeiten nicht ausstehen können. Das würde nun auch ihr eigenes Schicksal sein, wenn sein Plan, der Plan des Ehemannes und Mörders, aufging – von Ewigkeit zu Ewigkeit dem toten Vater begegnen von Angesicht zu Angesicht, obwohl sie sich an sein Gesicht schon lange nicht mehr erinnern konnte. Es *hatte jahrelange Mühe gekostet, die Züge des Vaters aus ihrem Gedächtnis auszumerzen. Und nun sollte sie ihn wiedersehen, bald schon und für eine unabsehbar lange Zeit. Aber sie war noch zu jung zum Sterben! Es durfte einfach nicht sein, dass sie hier unter so erbärmlichen Umständen krepierte. Ob es half, wenn sie seine Motive ergründete? Warum tat der eigene Ehemann so etwas Grauenhaftes? Wenn sie seine Motive verstand, konnte sie ihm vielleicht entkommen.*

›Die Hoffnung stirbt zuletzt‹. Auch das war immer so ein Spruch der Mutter gewesen. Nach dem Schlaganfall hatte sie es nicht mehr gesagt. Nach dem Schlaganfall hatte sie nur noch unverständliches Zeug gebrabbelt und dabei wirr gelächelt. Ein Mensch, der lächelte, war glücklich. Einen glücklichen Menschen durfte man nicht töten. Sie hatten einen Fehler gemacht. Er jedoch nannte es Gnade.

Hatte er sich vielleicht dazu entschlossen, seine viel zu junge Frau vom Unglücklichsein zu erlösen? War ihr Tod also gar keine Strafe, sondern lediglich einer seiner pervertierten Gnadenakte? So, wie er wohl auch den Hund vergiftet hatte. Was er jedoch nie zugeben würde. Es gab viele im Dorf, die das bösartige Vieh nicht leiden konnten. Da war es leicht, die Schuld einem anderen in die Schuhe zu schieben. Aber wahrscheinlich war sie selbst der Auslöser dieser Tat gewesen. Normalerweise hatte sie ihre Gefühle immer sehr gut unter Kontrolle. Aber wenn der massige Hund in ihre Nähe kam, brach ihr der Schweiß aus. Natürlich hatte er das bemerkt. Und dann eine brutale Entscheidung getroffen. So wie andere Ehemänner ihren Frauen zuliebe sich das Rauchen verkneifen, verzichtete er auf den Hund.

Als er dem Köter Rattengift unter das Futter mischte, wollte er seiner jungen Frau damit auf seine perverse Art einen Gefallen tun. Und so hatte das Töten begonnen. Rückblickend war der Tod des Hundes der Beginn dieses Wahnsinns gewesen. Vielleicht hatte er ihr aber auch keinen Gefallen tun wollen? Vielleicht war dies alles Teil einer Inszenierung gewesen, eines gnadenlosen Machtspiels, bei dem die Rollen von Anfang an ungleich verteilt gewesen waren: Er war über fünfzig und von kräftiger Statur. Sie jedoch jung und zierlich, eine zerbrechliche Erscheinung von feenhafter Anmut. Und dennoch wollte sie ihn lenken, ihm ihren Willen aufzwingen. So, wie der Vater es immer mit ihr gemacht hatte. Sie erhoffte sich eine Art von Genugtuung. Und natürlich Sicherheit. Endlich Sicherheit. Einer Frau wie ihr, traute niemand Berechnung oder gar einen stählernen Willen zu. Auf ihre Zerbrechlichkeit hatte sie sich immer viel zugutegehalten, ganz so, als wäre diese ein Verdienst. Kaum ein Mann ahnt, dass Zerbrechlichkeit bei Frauen lediglich der Tarnung dient.

Hatte er sie allzu rasch durchschaut? Offenbar wollte er das Spiel nicht nach ihren Regeln spielen. Trotz aller Sorgfalt war ihr nämlich entgangen, dass auch er einen stählernen Willen zur Macht hatte. Wahrscheinlich hatte sie in ihrer Unerfahrenheit zu sehr auf Äußerlichkeiten geachtet, vor allem auf Materielles. Die Agentur hatte seine Lebensumstände sorgfältig recherchiert. Nein, sie hatte sich nicht einfach so ›weggeworfen‹. Alle hatten daheim ihre Schönheit bewundert und es waren viele, die sie haben wollten.

»Wirf dich ja nicht weg«, hatte die Mutter immer gesagt. »So arm sind wir nicht, dass du das nötig hättest«, und hinzugesetzt: »Es gibt auch hier vernünftige junge Männer.«

Sie hatte genau aufgepasst, mit wem sich die Tochter einließ. Nur bei Vater hatte sie beide Augen zugedrückt. Weggeschaut, wenn er die Finger partout nicht vom eigenen Kind lassen konnte. Aber eines Tages hatte sie endgültig genug. War es Mut oder Wut, die ihr Kraft verliehen? Jedenfalls lachte sie ihre kontrollsüchtige Mutter aus und schrie sie an: »Ich will raus hier, verstehst du das nicht? Raus! Raus! Raus!«

Als sie wenig später die enge Heimat verließ, ging sie mit klaren Vorstellungen vom Leben an der Seite eines deutschen Villenbesitzers. Sie erwartete etwas anderes als ein trübsinniges, halb renoviertes Haus. Etwas anderes als eine staubige Baustelle, einen zugewucherten, dunklen Park und einen taubstummen, halb blöden Gärtner, der einen riesigen schwarzen Köter an der straff gespannten Leine hielt. Einen Hund, der sie feindselig *angeknurrt hatte, das Nackenfell gesträubt und die Lefzen hochgezogen.*

»Entweder er oder ich«, hatte sie bereits am ersten Abend ihrem Mann gesagt und eine ungewohnte Härte in ihre Jungmädchenstimme gelegt. Er hatte sie seltsam angeschaut und um ein wenig Geduld gebeten.

»Ich verstehe dich«, hatte er gesagt. »Hier ist ja alles neu für dich.«

Aber es war nicht neu. Ganz im Gegenteil: Alles war uralt. Aber nicht etwa nach Art des sogenannten Vintage Chic, sondern auf wirklich schäbige Art: Das Haus mit seinen muffigen Mauern. Die klobigen Möbel wie vom Sperrmüll. Die düsteren Bäume im zugewucherten Garten. Sogar er, der frischangetraute Ehemann im besten Alter, erschien ihr auf einmal wie ein Greis. Gewöhnung war unmöglich, von Annäherung ganz zu schweigen und sie hatte wiederholt: »Er oder ich«, und nicht gewusst, ob sie den Hund oder den Ehemann damit meinte. Als sie sein Gesicht sah, hatte sie siegessicher hinzugesetzt: »Und das alte Gerümpel« – dabei zeigte sie auf die Möbel – »muss auch raus.« Zwei Tage später hatte der Köter stocksteif und mit Schaum vor dem Maul im Zwinger gelegen. Heinrich hatte drüben bei den Blutbuchen ein Loch ausgehoben. Der Boden war sandig und rutschte immer wieder nach, sodass es trotz vieler Mühen, nur zu einer flachen Grube reichte. Als er das Vieh, in eine Decke gewickelt, zu seiner letzten Ruhestätte zerrte, stand sie, verborgen hinter einer Gardine und starrte hinaus, auch als Heinrich schon längst gegangen war, stand sie noch dort; bis der flache Grabhügel im abendlichen Dämmer zu verschwimmen schien.

Obwohl sie nun kein Köter mehr angeiferte, hockte ihr dennoch die Angst im Nacken. Auch die Tatsache, dass sie die erste Machtprobe mit ihrem frisch angetrauten Ehemann gewonnen hatte, beruhigte sie nicht. Etwas Unaussprechliches wohnte in diesem Haus. Und irgendetwas lief ganz entsetzlich schief. Sie konnte es nur nicht in Worte fassen.

Als das Kind geboren war, hatte sie einen entscheidenden taktischen Fehler gemacht, indem sie begann sich ständig zu beklagen. Es war nicht nur das dunkle Haus, das ihre Seele quälte. Auch die Isolation machte ihr zu schaffen, ihre nur rudimentären Sprachkenntnisse, die den Kontakt mit anderen Menschen verhinderten.

Im Dorfladen zeigte sie mit gesenktem Blick auf Wurst und Butter und sagte: »Das da und das da bitte sehr.« Sie sagte es mit ihrem polnischen Akzent, von dem sie wusste, dass die Menschen ihn belächelten – oder Schlimmeres. Den Besuch eines Sprachkurses hatte er ihr verboten. Der Weg in die nächste Kreisstadt wäre zu weit, den Führerschein besaß sie nicht und dort draußen gab es keine Internetverbindung. So hatte ihr Unglück stetig zugenommen, aber konnte das ein Grund für ihn sein, sie und das Kind zu töten? Ein weiterer ›Erlösungstod‹? Ihr Ehemann neigte nicht zu philosophischen

Gedankengängen. Genau diese Eigenschaft hatte sie an ihm geschätzt: Seinen nüchternen Pragmatismus, seine Lebenserfahrung, dieses vollkommene Fehlen jeglicher Sentimentalität. Sie entdeckte darin eine gewisse Seelenverwandtschaft. Er war ein Mann, der Probleme löste und nicht neue schuf. Das hatte sie über den großen Altersunterschied hinwegblicken lassen.

»Er könnte dein Vater sein«, hatte Mutter geklagt.

Nein, das Unglück seiner Ehefrau machte ihn sicher nicht zum Mörder. Sein Motiv musste banaler sein. Sie würde es schon noch herausfinden – und dann lag auch ihre Befreiung in greifbarer Nähe. Sie musste nur genau nachdenken und sich noch besser in ihn einfühlen. Wenn sie nur nicht so müde wäre und so schrecklich hungrig. Aber am meisten machte ihr der Durst zu schaffen. Es fiel ihr immer schwerer sich zu konzentrieren. Die Zeit arbeitete gegen sie. »Muttergottes hilf«, murmelte sie und glaubte nicht im Geringsten an die Macht der Gebete. Nur für einen Moment würde sie die Augen schließen, um Kraft zu sammeln. Einige tiefe Atemzüge lang wäre sie dann ganz bei sich und geborgen im Zyklus des Ein- und Ausatmens. Entsetzt riss sie jedoch die Augen sofort wieder auf. Zwischen dem Dunkel hinter ihren Augenlidern und dem Dunkel des zugemauerten Zimmers gab es keinen Unterschied. Nicht den geringsten.

Ich beschrieb das Haus mit den Augen meiner Protagonistin. Ich schilderte es genauso, wie ich es selbst vorgefunden hatte. Wie eine Art Organismus erschien es mir oder wie eine sinistere Persönlichkeit. Heute konnte ich meinen Gedanken erlauben, auf Wanderschaft zu gehen: Mein widerspenstiger Roman stand nämlich kurz vor dem Abschluss.

Als ich die Villa damals im Internet betrachtet hatte, erschien sie mir still, hell und freundlich und wie für mich gemacht. Ich erhoffte von dem Aufenthalt in diesem Haus eine Klärung meiner Gedanken, einen kontemplativen und gleichzeitig zupackenden Impuls. Ich wurde nicht enttäuscht.

Die Hausbesitzer führten den Allerweltnamen Schmitt und verkürzten jedes Jahr den Winter in Spanien. Ich sollte die Villa acht Wochen lang in Obhut nehmen. Es gab keine Pflichten, außer regelmäßig zu lüften und das Haus zu heizen. Die Besitzer, mit denen ich lediglich auf elektronischem Wege kommuniziert hatte, waren in Sorge, dass sich Schimmel an Zimmerdecken und in unzugänglichen Winkeln ausbreitete und begründeten diese Angst mit der schlechten Isolation von Wänden und Fensterrahmen. Die Öltanks seien gut gefüllt, teilten sie mir mit, und für Notfälle gebe es einen Ansprechpartner, einen gewissen Heinrich, von dem offenbar nur der Vorname und eine Handynummer existierten.

Als ich mit meinem klapprigen blauen Golf in die Einfahrt einbog, war das Haus wie erwartet sehr still. Aber es war nicht hell und überhaupt nicht freundlich. Fremd und dunkel duckte es sich unter einem zerzausten Himmel. Auf einmal verstand ich, warum die Besitzer es dort nicht aushielten und regelmäßig die Flucht in den Süden antraten. Die Fassade der Villa glich einem Gesicht oder einer Art Maske. Der von vier Säulen gerahmte Eingang wie ein Zähnespalier, die beiden Fenster rechts und links stellten die Augen dar. Natürlich war das eine alberne Fantasterei ohne jeden Realitätsbezug. Aber nach der langen Anreise, auf der ich das Land in der Querlinie einmal durchschnitten hatte, erschienen mir solche Gedankensprünge verzeihlich. Auch auf Kinderbildern sieht man regelmäßig Häuser, die ein Gesicht darstellen: Fenster, Tür und Dach – Augen, Mund und Haare. Punkt, Punkt, Komma, Strich. Psychologen schließen aus der Anordnung der Proportionen auf die seelische Befindlichkeit der Kinder. Ich hatte solche Interpretationen immer für überzogen gehalten.

Ich stellte den Motor ab und betrachtete die Villa. Was sagte wohl ein Psychologe, würde man ihm dieses Haus als Kinderzeichnung vorlegen? Ein Stirnrunzeln oder hochgezogene Augenbrauen als erste Reaktion erschienen mir wahrscheinlich. Als kleiner Trost blieb nur das winzige rundbogige Fenster hoch oben im kapuzenförmig übergestülpten Dach. Was für ein nettes Oberstübchen, dachte ich und ein vages heimeliges Gefühl keimte auf.

›Aussteigen!‹, befahl ich mir, aber ich blieb wie festgenagelt sitzen, die Unterarme und das Kinn aufs Lenkrad gestützt. Während ich den Blick nicht vom bleckenden Fassadengesicht wenden konnte, schienen mit jedem Wimpernschlag die schwarzblauen Schatten des Efeus einige Zentimeter weiter auf das Dach und in die Regenrinnen hineinzuwuchern. Blätterten etwa dicke Placken von Putz von den Säulen – oder war es vorjähriges blasses Herbstlaub, das der Wind über die Stufen wehte, die zur wuchtigen Eingangstür hinaufführten? Die hereinbrechende Abenddämmerung täuschte wohl meine Sinne. Eine feiste Tigerkatze saß auf einem Fenstersims im Parterre. Als mein Blick sie streifte, schloss sie blitzschnell die Augen. Trotzdem blieb das unbehagliche Gefühl unter Beobachtung zu stehen.

Ich zwang mich auszusteigen, öffnete die Heckklappe und zerrte den schweren Koffer heraus. Der Kies knirschte leise, als ich mein Gepäck abstellte, und die Katze auf dem Fenstersims antwortete mit einem deutlich hörbaren Fauchen. Ich angelte nach meinem Laptop, der ganz nach hinten gerutscht war. Halb im Kofferraum steckend, hatte ich auf einmal das beklemmende Gefühl, die Katze könnte mir in den Nacken springen. Als ich mich aufrichtete und zum Fenstersims schaute, war das Tier verschwunden.

Die Einsamkeit war Teil des Deals gewesen: Ich hatte ein solches Haus gesucht. Ausreichend abgelegen, um die Illusion vollkommener Einsamkeit zu gewährleisten. Gleichzeitig sollte aber ein Dorfladen in erreichbarer Nähe sein, sodass die wichtigsten Einkäufe auch zu Fuß erledigt werden konnten. Dieses Zufußgehen war mir äußerst wichtig: Wenn ich an einer Schreibblockade litt, waren ausgedehnte Spaziergänge ein unfehlbares Mittel, meiner Fantasie auf die Sprünge zu helfen. Und gerade jetzt, da mir Verlag und Termindruck im Nacken saßen, musste ich mehr denn je auf dieses Hilfsmittel zurückgreifen. Auf der Flucht vor nichtigen Telefongesprächen, ziellosem Chatten und Surfen im Internet und was dergleichen Ablenkungsmanöver mehr waren, wollte ich mich für die nächsten acht Wochen in Klausur begeben. Ich hatte den Wohnungsschlüssel bei einer Nachbarin deponiert, das Handy ausgeschaltet und mich auf den Weg gemacht. Dabei folgte ich einer gedachten Linie quer durch das Land. Anfangs raste ich noch über Autobahnen, zuletzt fuhr ich jedoch gezwungenermaßen immer langsamer, holperte durch Schlaglöcher bis endlich sogar mein Navi die Orientierung verlor.

Wieso war ich eigentlich der festen Überzeugung gewesen, bei den Hausbesitzern – ich dachte sie mir immer im Plural – handelte es sich um ein gut situiertes älteres Ehepaar? Außer dem Nachnamen wusste ich nichts über sie. Wahrscheinlich lag es an meiner ausgeprägten Vorstellungsgabe. Als Krimiautorin war Fantasie sozusagen mein

Betriebskapital. Zu Beginn meiner Laufbahn, als ich noch keinen Erfolg gehabt hatte, war sie mir üppig wuchernd erschienen, geradezu ins Kraut schießend. Um beim Bild des Kapitals zu bleiben: In den letzten zwei Jahren hatte ich eine veritable Hausse erlebt und überraschenden Erfolg mit meinen Büchern gehabt. Es gab jedoch auch Schattenseiten: Die zehrenden Mechanismen der Vermarktungsmaschinerie nahmen einen immer größeren Raum ein. Schon seit Monaten hatte ich keine Ruhe zum Schreiben gefunden. Und zuerst unmerklich, dann aber mit immer brutalerer Geschwindigkeit, rückte der vertraglich vereinbarte Abgabetermin für meinen neuesten Roman in peinliche Nähe. Und die Quellen der Imagination, noch vor wenigen Monaten unerschöpflich und leicht zugänglich, waren von Tag zu Tag mühsamer erreichbar. Tagelang erschienen sie sogar vollkommen verschüttet und von Austrocknung bedroht. Ich hätte es niemals zugegeben, aber die Fäden meiner Geschichte waren mir schon seit Wochen entglitten. Die Charaktere hatten ein verwirrendes Eigenleben entwickelt. Und die Handlung, erst vor wenigen Monaten lustvoll und voller Überzeugung konzipiert, stand längst schon nicht mehr unter meiner Regie. So erschien mir diese altmodische Villa wie eine Zuflucht. Abgeschottet von der irritierenden Außenwelt, hoffte ich nun endlich die letzten Kapitel zu schreiben.

Als ich an jenem Abend zum ersten Mal auf das Haus zugegangen war, hatten sich die Rollen meines Koffers in den feinen Kies der Auffahrt gegraben – und es hatte nicht besonders damenhaft ausgesehen, wie ich das klobige Ding mit unterdrückten Flüchen drei Stufen hoch bis zur Eingangstür zerrte. Aber niemand war da gewesen, der mich auslachte. Selbst die feiste Tigerkatze hatte sich verkrochen.

Der Schlüssel hätte unter der Fußmatte liegen sollen, aber ich fand dort nichts außer einigen vergessenen Herbstblättern. Ich gab ihnen die Freiheit zurück, aber sie hatten die Kunst des Fliegens vergessen und taumelten nur lustlos die Stufen hinunter, um matt und welk am Fuß der Treppe liegen zu bleiben.

Um den Schlüssel zu bekommen, blieb mir nur Heinrich, der Ansprechpartner für Notfälle. Ich schaltete mein Handy wieder ein und aktivierte die Kurzwahl. Die Verbindung war sehr schlecht. Ich hörte nur stammelnde, abgerissene Laute, eine Art Lallen. Dann brach das Gespräch ab und das Display erlosch. Wahrscheinlich starrte ich das Gerät auf eine Weise an, als könnte ich es allein durch die Kraft meiner Gedanken wieder zum Leben erwecken. Trotzdem erschrak ich zutiefst, als es in meiner Hand vibrierte und eine SMS erschien. Fast hätte ich das Gerät in einer ersten unkontrollierten Aufwallung auf die Stufen geschleudert. Aber ich fasste mich und las den

Text: *bin taubstumm. kontakt per sms kein problem.*
schlüssel unter blumentopf. fenster parterre links.
freund hein

Eine schöne Überraschung: Mein Nothelfer erwies sich als taubstumm. Unversehens verwandelte sich die Villa in eine Art Kloster mit Schweigegelübde. Zumindest schien der Gärtner nicht ganz ohne Humor: Freund Hein – der Tod höchstpersönlich würde mich also bei meinen literarischen Anstrengungen der nächsten Wochen begleiten. Ein absolut verschwiegenes Faktotum – bei genauer Betrachtung ein Idealfall.

Der Schlüssel befand sich am angegebenen Ort. Die schwere, altertümliche Haustür öffnete sich nahezu widerstandslos und ich betrat die weitläufige Eingangshalle. Ich war schon immer ein Mensch, der klar strukturiert dachte und handelte. Auch die Ermittler in meinen erfundenen Geschichten scherten sich nicht allzu viel um verschwommene emotionale Verstrickungen. Mein Publikum schätzte Klarheit und Stringenz meiner Gedankengänge. Umso mehr überraschte mich das Gefühl von Fremdheit und Verlorensein, das mich mit unerwarteter Wucht überfiel, sobald ich meinen Koffer über die Türschwelle gezerrt hatte.

Zögernd und mit innerem Widerstreben durchwanderte ich die Räume. Die Hausbesitzer hatten mir den eingescannten Grundriss zugeschickt, und ich versuchte mich anhand der Pläne zu orientieren. Doch je länger ich durch die Räume und Gänge schritt, desto unbezwingbarer wurde das Gefühl eines fundamentalen, schwindelerregenden Irrtums. Schon nach wenigen Minuten zweifelte ich daran, überhaupt im richtigen Haus zu sein, denn Pläne und Räumlichkeiten stimmten offensichtlich nicht überein. Alles andere jedoch war korrekt: Die Adresse, das äußere Erscheinungsbild des Hauses, die Telefonnummer des ominösen Heinrichs – unzweifelhaft befand ich mich am richtigen Ort – aber ebenso unzweifelhaft stimmte hier nichts – zumindest erschien nichts so, wie im Grundriss des Hauses niedergelegt. Der auffälligste Unterschied war, dass der gesamte erste Stock fehlte. Auf den Plänen war ein erstes Stockwerk mit Arbeitszimmer, mehreren Schlafzimmern und anderen Räumlichkeiten verzeichnet. Die Holztreppe jedoch, die ich zögernd betrat, da alle Stufen unterschiedliche Breiten und Abschrägungen aufwiesen, führte lediglich in die kleine Dachkammer, deren rundbogiges Fensterchen mir schon beim ersten Blick auf die Fassade so heimelig erschienen war. Ich beschloss, in diesem ›Oberstübchen‹ mein Arbeitszimmer einzurichten. Ein alter Holztisch mit gedrechselten Beinen stand vor dem einzigen Fenster. Von dort ging der Blick in den parkähnlichen Garten. Ein Fensterladen, von dem die grüne Farbe abblätterte, schwang in einem plötzlichen Windstoß laut quietschend vor und zurück. Ich öffnete das Fenster, beugte mich hinaus und befestigte den Laden an dem dafür bestimmten Haken, der rostig aus dem bröckeligen Putz ragte.

Wenn sie ihren eigenen Urin tränke, könnte sie Zeit gewinnen. Noch war sie nicht so weit. Aber lange würde es nicht mehr dauern. Wann hatte dieses zerstörerische Spiel eigentlich angefangen? Hatte es mit ihrer panischen Angst vor dem Hund begonnen? Oder mit den Klagen über das heruntergekommene Haus? Ihre Gedanken drehten sich im Kreis. Jedenfalls war er ein Mann, der Probleme löste. Rigoros.

Da sie die deutsche Sprache nicht beherrschte, entging ihr das Dorfgeschwätz nach dem plötzlichen Tod der Mutter. Sie bemerkte die Veränderung erst einige Wochen später, als die Bauarbeiten an der Villa schon begonnen hatten. Es war eine Veränderung in den Blicken der Menschen, in der Art ihr zu antworten. Auf einmal war das Brot, das die Ladenbesitzerin über die Theke schob, unordentlicher in das Papier gewickelt als normalerweise. Auch die Tatsache, dass sie nicht mehr fragte, ›darf es etwas mehr sein?‹, wenn sie die Wurst abwog, gab der jungen Frau zu denken. Zuerst mutmaßte sie, dass sie sich das alles einbilden würde, aber mit der Zeit wurde es immer deutlicher. Später verstand sie, was die Leute gestört hatte: Es war die unziemliche Geschwindigkeit, mit der die Übersiedelung der Mutter in ihr Haus stattgefunden hatte. Und gleich darauf ihre Krankheit – die angebliche Krankheit, wie sofort gemunkelt wurde – ihr überraschender Tod und dann die hastige Beerdigung. Dass alles schon vorbei war, bevor die Leute im Dorf gebührenden Anteil daran nehmen konnten.

»Das ist es, was sie uns nicht verzeihen«, meinte er. »In diesem Kaff ist so wenig los, dass sogar der Tod einer alten Frau zum Ereignis wird, das sie in aller Ausführlichkeit zelebrieren wollen.«

Den Ausdruck Kaff kannte sie nicht, er wiederholte es auf Polnisch und sie nickte heftig. Eigentlich hatte sie genickt, weil sie den Leuten im Dorf recht gab. Trotz ihrer Bitten hatte er nicht erlaubt, eine Todesanzeige in die Zeitung zu setzen. Und es hatte ihr auch nicht gefallen, dass er nur für ein anonymes Urnengrab zahlte – die Mutter war verscharrt worden wie ein Hund. Hatte er vollkommen vergessen, dass sie aus Polen kam? Die Menschen in ihrem streng katholischen Heimatdorf hätten genauso geurteilt wie die Menschen hier. Das war die Zeit, als sie begann, sich zu schämen. Aber nach dem Tod der Mutter war auf einmal das Geld da. Sie hatte eine nette Summe geerbt, die er nun in den Ausbau des Hauses steckte.

»Es ist zu unser aller Besten«, hatte er gesagt und sie hatte ihm geglaubt. Wenn das Kind ein wenig älter wäre, würde sie den Führerschein machen und einen Sprachkurs. Wenn das Haus erst einmal schön und hell und wohnlich wäre, würde sie Gäste einladen. Dann würde sie aufhören sich zu schämen.

Die Handwerker hatten einiges zu tun: Heizung, elektrische Leitungen, das Dach, alles musste neu gemacht werden. Er hatte zwar in den vergangenen Jahren bereits mit dem Umbau begonnen und das halbe Haus in eine Baustelle verwandelt, war jedoch aus Geldmangel und mangels Fachkenntnis nicht weitergekommen. Später kam dann raus, was alles getratscht wurde. Beim Feierabendbier hatten die Handwerker haarklein berichtet. Der Dorfpolizist saß dabei und hörte zu. Einer der Handwerker vermutete, dass einige Zwischenwände niedergerissen wurden, um die Räume zu vergrößern. Als ein anderer genau das Gegenteil behauptete, nämlich dass mit ziemlicher Sicherheit einige Zimmer im Haus fehlten, zückte der Polizist seinen Notizblock und begann mitzuschreiben. Der Handwerker, geschmeichelt ob diesem Interesse an seinen Beobachtungen, wohl auch ein wenig in Bierlaune, präzisierte seine Aussage und berichtete von zugemauerten Zimmern und dass der Alte da draußen in seiner seltsamen Villa wohl einiges zu verbergen habe.

Im Grundbuchamt konnte man keinen verbindlichen Hausplan der Villa finden, worüber sich aber niemand ernsthaft wunderte. Die Gegend hatte bewegte Zeiten hinter sich. Vielleicht waren die Nazis schuld, die in den letzten Kriegstagen viele Akten vernichtet hatten. Aber konnte wissen, ob nicht schon damals das abgelegene Haus ein dunkles Geheimnis verborgen hatte. Vielleicht waren die

Pläne auch beim Durchmarsch der Russen verbrannt – oder diese hatten sich damit den Hintern abgewischt. Oder es war die Stasi, die alle Akten geschreddert hatte.

Die junge polnische Frau hätte ihnen sagen können, dass ein Grundriss existierte. Er lag in einer der Schreibtischschubladen und war mit einer kaum leserlichen Jahreszahl versehen, die weit zurück in die Zeit der letzten Jahrhundertwende wies. Sie hätte etwas sagen können, aber sie verstand nicht im Geringsten, worum es überhaupt ging. Und ihre Deutschkenntnisse waren viel zu schlecht, um sich verständlich zu machen.

Danach versuchten die Dörfler Heinrich auszuhorchen, kein einfaches Unterfangen bei einem taubstummen, misstrauischen Mann, der seinem Arbeitgeber treu ergeben war. Ob es die Verbitterung über den Tod des Hundes war, die ihn dazu brachte das Wort GIFT auf einen Zettel zu kritzeln?

Vielleicht war auch sein Hass auf die Katze das Motiv. Wenige Tage nach der Beerdigung der Mutter war nämlich die fette Tigerkatze auf einmal aufgetaucht und hatte sich durch nichts vertreiben lassen. Heinrich hatte es mit Steinwürfen versucht. Denen wich sie zwar fauchend aus, kehrte aber mit störrischer Beharrlichkeit immer wieder auf einen Fenstersims im Parterre zurück. Lauernd betrachtete sie von dort ihre Umgebung durch schmale Augenschlitze. Kurz darauf hatte Heinrich Katzenfutter gekauft. Die junge Frau beobachtete, wie er ein Pflanzenschutzmittel hineinträufelte, sagte aber nichts. Die Katze rührte das vergiftete Futter nicht an, aalte sich in der Sonne und fauchte, wenn Heinrich in Blickweite kam.

Heinrich galt als Dorfdepp. Es hieß, er könne nicht viel mehr als seinen Namen in Druckbuchstaben schreiben. Diesmal schrieb er jedoch das Wort GIFT auf einen Zettel. Mehr war nicht aus ihm herauszubekommen, aber auf der Polizei interpretierten sie es auf ihre Weise. Schon am nächsten Tag kam es zu einer Hausdurchsuchung. Vielleicht hatte das Unglück tatsächlich erst an dem Tag begonnen, an dem die Katze aufgetaucht war.

Wahrscheinlich war es keine gute Idee, den Tod durch Trinken des eigenen Urins hinauszuzögern. Vielleicht wäre es wesentlich leichter alles loszulassen und einfach aufzugeben.

Ich erwähnte bereits, dass meine Leser Klarheit und Stringenz meiner Gedankengänge schätzten. Die Kriminalkommissarin, die meinen schriftstellerischen Erfolg begründet hatte, bestach durch Logik und kühle Unnahbarkeit. Aus Leserzuschriften hatte ich erfahren, dass vor allem Frauen mittleren Alters diesen Frauentyp bewunderten. Vielleicht projizierten sie eigene, unerfüllte Sehnsüchte auf meine Heldin? Ich machte mir keine überflüssigen Gedanken, schrieb weiter nach bewährtem Rezept und genoss im Übrigen den lang ersehnten Erfolg. Umso überraschender war für mich, dass die Handlung sich, je länger ich schrieb, immer stärker meiner Kontrolle entzog. Nicht etwa, dass es mir an Ideen für ausgefallene Tötungsdelikte gemangelt hätte – ein Blick in die Zeitung reichte, um meiner Fantasie auf die Sprünge zu helfen. Auch an originellen Tatortszenarien bestand kein Mangel – aber mir fehlte auf einmal die innere Verbundenheit mit meiner Protagonistin. Konnte eine erfundene Kriminalkommissarin an Überarbeitung leiden? Gab es Burnout-Symptome auch bei Fantasiefiguren? Ich begann schlecht zu schlafen, und in meinen Träumen verfolgte ich meine Heldin, hörte das Klicken ihrer Absätze, wenn sie um eine Hausecke verschwand. Ich rannte ihr hinterher und rief laut ihren Namen, aber so sehr ich mich auch anstrengte, ich kam nicht von der Stelle und kein Laut drang über meine Lippen. Das Geräusch ihrer Schritte entfernte sich und ich erwachte mit dem Gefühl der Orientierungslosigkeit. Trotzdem schrieb ich weiter, sozusagen im Blindflug. Ich hoffte, dass meine Routine mich retten würde. Dass meine Fans das Buch sozusagen unbesehen kaufen würden und ich auf diese Weise an meine vorherigen Erfolge anknüpfen würde – kurz: Ich beschloss, mich durchzumogeln. Eine Weile kam ich auf diese Weise auch recht gut voran. Aber ab einem bestimmten Punkt schien sich meine eigene Geschichte gegen mich aufzulehnen und mir wurde klar, dass ich vielleicht meine Leser, nicht aber mich selbst permanent betrügen konnte. An diesem Tiefpunkt angekommen, beschloss ich in Klausur zu gehen.

Unter dem Einfluss des Hauses hatte sich mittlerweile mein Schreibstil vollkommen verändert. Von der coolen Ermittlerin hatte ich mich verabschiedet, ja, ich hatte das gesamte Konzept noch einmal neu erstellt. Noch niemals vorher hatte ich aus der Perspektive eines Opfers geschrieben. Inzwischen erschien es mir jedoch als Selbstverständlichkeit. Mit nie geahnter Leichtigkeit konnte ich mich in die Gefühlswelt der eingemauerten Frau hineinversetzen. Ich schrieb wie im Rausch und verließ kaum noch den Schreibtisch. In der Tischschublade fand ich zwei Packungen mit uralten Schokoladenkeksen, die mir gegen den ärgsten Hunger halfen. Meinen Durst stillte ich direkt an einem altmodischen Wasserhahn mit verschnörkeltem Messinggriff, der wie ein kleiner Drachenkopf aus der Wand ragte. Wenn ich mich recht besann, hatte ich tatsächlich das Zimmer in den letzten zwei Tagen und Nächten nur verlassen, um auf die Toilette zu gehen.

Es waren nur noch wenige Seiten zu schreiben. Eine kurze Pause würde mir guttun, auch wenn ich mich dazu zwingen musste. Ich schaute aus dem Fenster. Irgendetwas war in den letzten Tagen mit dem Licht geschehen. Es erschien klarer, alle Schatten traten deutlicher hervor. Auch die Farben waren auf scharf akzentuierte Grau- und Blautöne reduziert. Lag es am Winterlicht oder an meiner durch Übermüdung veränderten Wahrnehmung? Ich lehnte die Stirn an das Fensterglas. Altes, vom Wind dünn geschliffenes Glas mit einer unregelmä-ßigen Struktur, durchzogen von Schlieren und Blasen. Sicher war es so alt wie das Haus. Viel-leicht sogar älter. Vorsichtig berührte ich die Scheibe mit den Fingerspitzen. Es klirrte leise, so als ob das Fenster mir etwas mitzuteilen hätte. Was natürlich kompletter Unsinn war. Aber ich verdankte diesem Haus so viel, dass ich fast ge-neigt war es als Persönlichkeit anzuerkennen; mir sogar die Mühe machte, einem kleinen, uralten Dachfenster zuzuhören.

Mein Blick schweifte weit über das flache, eintö-nige Land. Das Haus war umgeben von einem lockeren Ring uralter Buchen und Eichen, die ein wenig Schutz boten vor dem bissigen Nordostwind. Ihre knorrigen Äste waren fast kahl, lediglich die Eichen trugen schüttere, überraschend hartnä-ckige Laubreste. Zwischen den winterkahlen Baumriesen war so viel Raum, dass sich Blicke verlaufen und ziellos umherirren konnten. Beson-ders dann, wenn man so müde war wie ich jetzt. Ich blinzelte und rieb mir die Augen, als ich dort draußen eine Art bewegten Schatten erkannte. Es war jedoch kein Trugbild, sondern tatsächlich ein Mensch, der zwischen den Bäumen in gebückter Haltung zugange war. Trotz Gegenlicht erkannte ich die Gestalt meines Nothelfers Heinrich. Er hob eine Grube aus, etwa mannslang war sie, und er stand bereits bis zu den Knien darin. Es sah aus, als schaufle er ein Grab. Freund Hein, der Totengräber.

›Man kann ein Bild auch überstrapazieren‹, dachte ich insgeheim, aber ein Stachel blieb. Ganz umsonst war die rasante Entwicklung meines Kriminalromans nämlich nicht. Um ehrlich zu sein, ich zahlte einen Preis und wurde den Gedanken nicht los, dass dieser Preis ein zu hoher war. Offen gesagt: Ich dachte darüber nach, das ganze hervorragend gelungene Manuskript ins Feuer zu stecken und danach zur Polizei zu gehen. Geistesabwesend schaute ich Freund Hein beim Schaufeln zu. Und auf einmal durchzuckte mich ein tiefes Erschrecken – könnte es sein, dass diese Grube für mich gedacht war?

Wenn ich das Ganze konsequent zu Ende dachte, war es nämlich nur zu wahrscheinlich, dass ich nicht ungestraft davonkommen würde. Nicht genug, dass ich versucht hatte, den Verbrechen, die in diesem Haus geschehen waren, auf die Spur zu kommen – ich hatte sie auch noch auf nahezu unverantwortliche Weise in meine Geschichte eingewoben, ja richtiggehend ausgeschlachtet, obwohl es doch meine Bürgerpflicht gewesen wäre, alles zur Anzeige zu bringen. Aber da war mir, wie man so schön sagte, das Hemd wohl näher gewesen als die Jacke. Was wäre nach einer Anzeige aus meinem gut komponierten

Roman geworden? Es klang wie eine billige Ausrede, aber ich hatte mir die ganze Zeit zugutegehalten, dass alles, was ich aufschrieb, lediglich auf Intuition beruhte. Ich redete mir ein, dass kein einziger Beweis meiner locker gestrickten Indizienkette gerichtsverwertbar wäre. Aber tief innen war ich vollkommen sicher, dass hier in diesem Haus mindestens drei Personen zu Tode gekommen waren. Ich vermutete ihre Leichen eingemauert hinter den Wänden dieser Villa. Oder war dies auch nur wieder ein Irrweg meiner überhitzten Einbildungskraft? War vielleicht der Mörder ein anderer, als der in meiner Geschichte und die Überreste der Opfer lagen begraben im Park? Lebte vielleicht auch der Hausbesitzer längst nicht mehr und ich hatte meine Mails, als ich das Haus auswählte, an ein Phantom geschickt? An ein taubstummes Phantom, das im echten Leben Heinrich hieß? Hatte ich mich also durch meine Mitwisserschaft in Gefahr gebracht? Nein, das war ein allzu absurder Gedanke.

Unzweifelhaft waren es Stimmen, die sie hörte. Stimmen, Schritte, das Klicken von hohen Absätzen auf einmal nah, ganz nah. Dann das Zuschlagen einer Tür. Lachen, weiter entfernt jetzt. Das Lachen einer Frau.

Es tat mir nicht gut, mich komplett in meinen Fantasien verlieren – und ich musste endlich einmal etwas Anständiges essen. Ich ging zur Zimmertür. War sie immer schon so schmal gewesen? Als ich sie zu öffnen versuchte, bewegte sie sich nicht. Ich konnte an der Klinke rütteln und zerren, so viel ich wollte, die Tür gab nicht nach. Ich schüttelte den Kopf und kehrte zu meinem mit Kekskrümeln übersäten Schreibtisch zurück. Offenbar wollte mich das Zimmer nicht loslassen, bevor ich nicht die letzte Seite geschrieben hatte. Nun denn – ich setzte mich. Aber es war wie verhext, meine Gedanken gingen wieder auf Wanderschaft.

Die ersten Hinweise auf das dunkle Geheimnis dieses Hauses waren vage und vieldeutig gewesen. Aber dann hatte sich eins zum anderen gefügt und die Indizien passten wie Puzzleteile. Das erste Zeichen war dieser Zettel gewesen, der zu Boden fiel, als ich eines der Bilder in der Diele anhob. Irgendjemand hatte ihn hinter den Rahmen geklemmt. GIFT stand in großen ungelenken Blockbuchstaben auf diesem Zettel. Auf Englisch bedeutete es Geschenk. Und ein Geschenk war es auch, allerdings im übertragenen Sinne. Ich hatte übrigens nicht nur hinter dieses Bild geschaut, sondern hinter alle, die dort hingen; fünf altmodische Stadtansichten. Ich hatte auch die Wände auf Hohlräume abgeklopft und die Tapete auf Unregelmäßigkeiten im Musterverlauf untersucht, um später hineingestückelte Bahnen zu erkennen. Dies alles, während mein Koffer noch unausgepackt im Gang stand. Es war keine Paranoia. Es war dieser befremdliche Grundriss, der mich misstrauisch machte. Dieser Plan, der nicht mit der Realität übereinstimmte. Im Grunde genommen suchte ich nur das Gästezimmer. Der Grundriss zeigte einen langen Gang, links das riesige Wohnzimmer und die Küche. Auf der rechten Seite gingen fünf Türen ab. Die erste Tür führte ins Badezimmer, die zweite ins Schlafzimmer der Hausbesitzer, die dritte zu einer Art Abstellkammer oder Hauswirtschaftsraum. Danach folgten ein mit Textmarker gelb angekreuztes Gästezimmer und ein kleineres Badezimmer, welches, unmissverständlich markiert, ebenfalls für mich vorgesehen war. Ich ging langsam den Gang hinauf und zählte sorgfältig die Türen auf der rechten Seite. Es waren lediglich drei. Die ersten beiden Türen öffnete ich einen Spaltbreit und schloss sie rasch, wie ein Kind, das bei etwas Verbotenem ertappt wurde. Aber ein Blick genügte, um mir zu zeigen, dass es Schlaf- und Badezimmer der Hausbesitzer waren. Es fehlten der Hauswirtschaftsraum und das kleine Badezimmer für Gäste. Mein Schlafzimmer fand ich schließlich dort, wo es hingehörte: Ein schlicht aber gemütlich eingerichteter Raum mit einem schmalen Bett, einem flauschigen bunten Bettvorleger, Stuhl und Fichtenholzschrank. Zugegeben, ich war verwirrt, wollte aber nicht schon wieder Freund Hein mit meinen Problemen behelligen. Kurz entschlossen entschied ich mich,

Schmitts Badezimmer zu benutzen. Ich wollte meinen Koffer holen, aber als ich die knarrenden Dielen betrat, strichen meine Finger über die Nähte der altmodischen Brokattapete und ich begann wie unter Zwang die Wände abzuklopfen. Eine kaum leserliche Jahreszahl auf den Hausplänen deutete zurück in die Anfänge des letzten Jahrhunderts. Ich versuchte mir die fehlenden Zimmer mit Umbaumaßnahmen vergangener Generationen zu erklären, konnte mir aber keinen Reim darauf machen, warum mir ein völlig veralteter Grundriss zugeschickt worden war. Handelte es sich um ein Versehen – oder war es die Ausgeburt eines skurrilen Humors? Als mir dann aber der Zettel mit dem Wort GIFT in die Hände fiel, begann das Fremdartige und Verwirrende meiner Umgebung leise meine Seele zu kitzeln. Meine lahmgeschlagene Fantasie erwachte. Ich spürte es auf eine sehr körperliche, beinahe sinnliche Weise – immer noch auf dem Gang stehend, ohne dass ich auch nur ein Zimmer in Besitz genommen hätte. Auf einmal war ich mir sicher, dass der Aufenthalt in diesem Haus ein voller Erfolg werden würde. Mir wurde klar, dass unerklärliche Vorgänge und plötzlich aufkeimende unbehagliche Gefühle der fällige Tribut dafür waren, dass meine Geschichte an atmosphärischer Dichte hinzugewann. Ich akzeptierte stillschweigend auch diesen ungeschriebenen Teil des Deals.

Eine Frauenstimme. Mit einem harten polnischen Akzent. Ein Lachen, das sich hoch aufschwang und mit einem tiefen Gurren endete. Die eingemauerte junge Frau meinte, ihre eigene Stimme zu hören.

›Erkennt sie denn nicht, was für ein Monster er ist?‹, dachte sie. ›Spürt sie gar nichts? Merkt sie nicht, in welcher Gefahr sie schwebt?‹

Ich muss sie retten‹, überlegte sie. ›Sonst geht es ihr wie mir. Ich muss mich retten.‹

Sie schlug an die Wände, aber niemand nahm Notiz von ihrem Klopfen. Die Stimmen entfernten sich. Sie bräuchte einen Gegenstand, um gegen ein Heizungsrohr zu schlagen, das den Schall weiterträge. Aber sie war barfuß und da war kein Rohr, keine Leitung, nichts. Sie schürfte sich den Handballen auf, schleckte das Blut ab. Sie schrie so laut sie konnte, aber die Wände schluckten alles. Die Stimmen da draußen entfernten sich. Schritte, klickende Absätze.

›Ich muss mir etwas einfallen lassen‹, dachte sie, aber die Kälte kroch in ihre Füße, in ihre Schenkel, lähmte ihre Gedanken. Ein Tropfen Flüssigkeit sickerte in ihren Mundwinkel. Gierig schleckte sie ihn auf. Er schmeckte sehr salzig. Nein, niemals würde sie ihren eigenen Urin trinken. Sie streckte sich auf dem kalten Boden aus. Es war beinahe wie Einschlafen.

›Kleine Schlampe‹, dachte sie und schloss ihre Augen. ›Verdammte kleine Hure.‹

Als ich an diesem ersten Tag das Haus genau untersuchte, war unversehens auch die fette Katze wieder da. Sie strich um meine Beine – und tat sehr vertraut. Dann schritt sie mit hoch erhobenem Schwanz in die Küche. Vielleicht wollte sie gefüttert werden. Ich folgte ihr. Ein riesiger Raum, mit schwarz-weiß gefliestem Fußboden und einer Einrichtung, die jedem Heimatmuseum Ehre gemacht hätte. Lediglich der Elektroherd und ein riesiger Kühlschrank schienen neueren Datums zu sein. Die Küche war die einer hochherrschaftlichen Villa, in der rauschende Feste gefeiert wurden. Ich stellte mir vor, wie an dem breiten Eichenholztisch kichernde Küchenmädchen Berge von glänzendem Besteck polierten, wie sie unter den kritischen Blicken einer strengen Hausdame Delikatessen auf silbernen Platten anrichteten und vornehm klirrende Kristallgläser mit schäumendem Champagner füllten. Sicher hatte es auch ein Herrenzimmer gegeben, in dem nach dem Abendessen Zigarren geraucht und bitterer Mocca serviert wurde, wobei vielleicht der eine oder andere der Herren wie zufällig den appetitlichen Hintern des Serviermädchens tätschelte. Damals trugen die Töchter des Hauses romantische, rüschenbesetzte weiße Kleider und die kleinen Buben schneidige Matrosenanzüge. Vielleicht sollte ich mich das nächste Mal an einen historischen Roman wagen und die Verstrickungen von preußischen Tugenden und Nazivasallentum beschreiben. Vielleicht am

Beispiel eines Jungen im Matrosenanzug – oder vielleicht doch lieber aus der Perspektive eines Küchenmädchens? Der real existierende Sozialismus hatte dem großherrschaftlichen Junkertum jedenfalls gründlich den Garaus gemacht – die Welt, die mir für einen Augenblick so lebhaft vor Augen gestanden hatte, war versunken. Die Katze maunzte und ich fröstelte. Die Kälte von Krieg, Flucht und russischer Eroberung schien körperlich spürbar – aber dagegen konnte ich etwas tun. Neben dem Holzofen lagen säuberlich gestapelte Holzscheite und daneben stand ein Korb mit fein gespaltenem Anfeuerholz und Papier. Ich machte mich an die Arbeit.

Auf einmal sah sie den Vater. Sah ihn von Angesicht zu Angesicht. Sie wunderte sich, dass er so lebendig aussah. Er war doch schon viele Jahre tot. Und warum war der Vater so traurig? Hinter ihrem Rücken hörte sie die Stimme der Mutter, die klagte: »Er könnte dein Vater sein, was willst du nur mit so einem alten Mann?« Aber sie achtete nicht darauf, denn es war nicht die Tatsache, dass sie mit ihrem Vater schlief, die Mutter störte. Es war die Tatsache, dass sie einen Deutschen heiratete. Die ständige Angst der Eltern vor den Deutschen war schon zu deren Lebzeiten lächerlich gewesen. Der Krieg war doch schon ewig. Wie albern, dass auch sie, die Tochter, jetzt von Ewigkeit zu Ewigkeit immer noch Angst vor den Deutschen haben sollte. Egal, dass

der Vater so traurig war. Traurig für die Ewigkeit.
Aber jetzt erst erkannte sie, warum: Sein schwar-
zer, buschiger Schnurrbart bewegte sich. Eine
Hälfte war plötzlich lebendig geworden und wollte
sich selbstständig machen. Vater konnte nichts
dagegen tun. Auch die andere Hälfte tat nun mit
und wie ein Krähen-Flügelpaar, nein, wie ein dunk-
ler Schmetterling hob und senkte sich nun der ganze
Schnurrbart, schlug auf und nieder, flatterte zit-
ternd und riss sich los. Dicke Tränen rollten aus Va-
ters Augen, und mit beiden Händen versuchte er,
die kahle Stelle über dem Mund zu verbergen. Sie
musste lachen, als sie das sah, und der Vater
schaute zornig zu ihr herüber. Sie sahen sich von
Angesicht zu Angesicht und er streckte die Arme
nach ihr aus. Seine haarigen Finger grapschten
nach ihr, um sie zu bestrafen. So, wie er sie immer
bestraft hatte. Aber sie war zu weit weg, er konnte
sie nicht erreichen und sie begriff, dass es doch
Gnade gab. Nach einer Weile beruhigte sich der Va-
ter und legte die Fingerspitzen sanft auf die kahle
Stelle über seinem Mund. Zog sie wieder weg und
betrachtete sie. Sie erschrak, denn es klebte fri-
sches Blut an der Hand des Vaters, der nun
lächelte. Mit krampfhaft hochgezogenen Mund-
winkeln süßlich grinste, unecht, lockend, eine
klebrig verheißungsvolle Drohung. Nun war sie es,
die ihre Arme weit von sich streckte, steif und in
entsetzter Abwehr. Dieses Gesicht war nicht mehr
das Antlitz des Vaters. Dieses Gesicht kannte sie

nur zu gut – es hing gerahmt in Schulen und Post-
stellen. Gerahmt und mit Papierfähnchen ge-
schmückt, auf die ein Hakenkreuz gedruckt war.
Jetzt kam das Gesicht immer näher, wurde zur
Fratze, die den blutigen Mund weit aufriss.

Nie hätte sie gedacht, dass Sterben so schwer
wäre. Sie hatte es sich wie Einschlafen vorgestellt.
Dass zum Schlaf auch Albträume gehörten, hatte sie
nicht bedacht.

Meine feste Überzeugung war immer gewesen,
dass zwangsläufig die Missverständnisse begannen, sobald sich zwei Menschen begegneten. Dies
entsprach meiner Lebenserfahrung und bot eine
hinreichende Erklärung für mein unordentliches
Privatleben. Bei einem Missverständnis blieben
beide Seiten unschuldig. Sie waren lediglich Opfer
eines fatalen Irrtums. Das war zwar eine prakti-
sche Ausrede, aber im tatsächlichen Leben
mündete es in Einsamkeit. Mittlerweile hatte ich
mich daran gewöhnt. Ich galt allgemein als
beziehungsunfähig, was ich jedoch ebenfalls für
ein Missverständnis hielt. Allerdings unterzog ich
mich nie der Mühe, es aufzuklären.

Allein wäre man immer in schlechter Gesellschaft, hatte mir mein aktueller Lebensabschnitts-
partner verbittert nachgerufen, während ich
meinen Koffer packte. Ich hatte ihm einen flüchti-
gen Kuss auf die Wange gedrückt und war
kommentarlos davongefahren. Wenn ich

zurückkam, wäre er nicht mehr da, dessen war ich mir sicher. Als ich losfuhr, hatte ich meinen sogenannten Freund bereits halb vergessen.

Und dennoch: Obwohl ich einsamkeitserfahren war, hätte ich niemals gedacht, dass es in Deutschland Regionen von solcher Gottverlassenheit geben könnte. Aber nun war ich angekommen. Und ich war auch nicht länger einsam. Ich hatte eine Katze zur Gesellschaft und einen taubstummen Gärtner. Ich lag auf den Knien vor einem altmodischen Holzofen und nahm das nächste Geschenk des Hauses in Empfang: Der Feuerraum war vollgestopft mit Papierfetzen und länglichen Holzstücken. Offensichtlich hatte jemand kurz vor der Abreise noch hastig versucht, ein Feuer zu entfachen. Mit meiner neu erwachten Vorstellungskraft dachte ich an die Vernichtung belastender Unterlagen. Stellte mir Stasimitarbeiter vor und Nazis, wie sie säckeweise Akten schredderten oder in Flammen aufgehen ließen – historisch gesehen kein allzu gewagter Gedankensprung. Das viel zu dicht gepackte Anfeuermaterial wollte einfach nicht zünden, und als ich vorsichtig mit dem Schürhaken in den verkokelten Resten stocherte, zog ich, wie einen fetten Fisch an der Angel, ein nur zur Hälfte verbranntes Tagebuch heraus. Dass es ein Tagebuch war, erkannte ich allerdings erst auf den zweiten Blick. Es sah aus wie ein Schulheft: Seitenweise waren deutsche Vokabeln und ihre polnische Übersetzung eingetragen. Offenbar hatte dort jemand versucht, sich selbst die deutsche Sprache beizubringen. Die Tagebucheintragungen begannen erst auf den hinteren Seiten. In einer gerundeten Schülerinnenhandschrift hatte eine junge Frau versucht, auf Deutsch ihren Alltag zu schildern.

Das Ganze erinnerte mich eher an Schulaufsätze, an brav gemachte Hausaufgaben. Die Formulierungen waren einfach, um nicht zu sagen primitiv, der Inhalt jedoch erschütternd. Fast unmittelbar nahm die Figur der blutjungen Polin, die von einem alternden Lebemann unter falschen Voraussetzungen nach Deutschland gelockt worden war, Gestalt an. Sie erwähnte die Übersiedelung der Mutter. Auch die Mühsal der täglichen Pflege deutete sie an. Ich fand nichts über das Ende. An der entsprechenden Stelle waren alle Seiten verbrannt. Mit der Geburt des Kindes brachen die Aufzeichnungen ab. Der letzte Eintrag lag mehr als sieben Jahre zurück.

Die Zeitungsfetzen, die ich unter dem Anfeuerholz fand, gaben meiner Fantasie weitere Nahrung: Ein mehrfach zerrissener Artikel über eine wunderschöne junge Polin, die spurlos verschwunden war. Im Zusammenhang mit ihrem Verschwinden hatte es eine Durchsuchungsaktion in einem alten Herrenhaus gegeben. ›MORDHAUS‹ entzifferte ich, dahinter war ein fettes Fragezeichen gesetzt. Auf einem weiteren Schnipsel las ich die Worte ›*mysteriös schon der plötzliche Tod der alten*

...‹, dann kam eine Rissstelle. ›*Anfangsverdacht*‹ und ›*ergebnislos*‹ entzifferte ich auf einem anderen Stück Zeitungspapier, welches ich jedoch nicht eindeutig dem Artikel über die Durchsuchung zuordnen konnte. Ich durchsuchte den gesamten Behälter, drehte und wendete jeden einzelnen Papierschnipsel, ohne etwas Verwertbares zu finden. Also brachte ich das Feuer in Gang, fütterte die Katze mit Milch, die ich im Kühlschrank fand und machte mich an die Arbeit.

Mein Koffer stand noch unausgepackt im Gang und ich hockte, erschöpft von der langen Anreise, vor einem qualmenden altmodischen Holzofen in einer ebenso antiquierten Küche, als ich mich entschloss, meine coole Kriminalhauptkommissarin in den Erholungsurlaub zu schicken und das Ganze aus der Opferperspektive zu schreiben. Also begann ich wieder bei null. Ich schlug das angekokelte Tagebuch auf und setzte mich an den Küchentisch.

Der letzte Tagebucheintrag lag mehr als sieben Jahre zurück. Nach diesem Zeitraum konnte man einen verschwundenen Menschen für tot erklären lassen. Den Rest reimte ich mir zusammen. Versicherungsbetrug war ein allzu banaler Grund, um die eigene Ehefrau umzubringen – jedenfalls zu banal für einen gut geschriebenen Krimi. Da musste ich mir etwas Besseres einfallen lassen. Hatte die Mordserie bereits angefangen mit der Vergiftung des Hundes – oder zählte erst die

Tötung der hilflosen Mutter dazu; heimtückisch begangen, um an die Erbschaft heranzukommen? Zwei Morde aus Geldgier, nein, ich hatte das Kind vergessen: drei Morde. Ein Serientäter kam bei meiner Leserschaft sicher gut an. Obwohl die Tötung eines Haustieres ein ungeschriebenes Tabu war. Mehr noch als den Mord an einem Kind. Über dieses Problem würde ich später nachdenken. Da schoss mir ein anderer Gedanke durch den Kopf: Wie war ich eigentlich auf die voreilige Idee gekommen, es handelte sich bei den Hausbesitzern um ein Ehepaar?

Sie drehte sich vor dem Spiegel. Was sie dort sah, gefiel ihr: Eine stattliche Erscheinung, ein wenig üppig zwar, aber die Pfunde ließen sie jünger wirken als diese ausgemergelten jungen Dinger, mit denen er sich sonst abzugeben pflegte. Sie war zwar keine zwanzig mehr, hatte sich aber gut gehalten, war gepflegt und äußerst repräsentabel. Es war ihr nicht schwergefallen, ihn um den Finger zu wickeln. Und nun war sie hier in diesem schrecklichen Haus. Aber es würde nicht lange dauern. In zwei Wochen wäre er zurück. Dann hätte er das Geschäftliche erledigt, die Kaufverträge unterschrieben, alle Urkunden notariell beglaubigt und dem Umzug stünde nichts mehr im Weg.

Von Anfang an hatte sie das Haus nicht ausstehen können. Sie hatte es empfunden als eine Art Organismus oder gar Persönlichkeit – eine äußerst feindselig eingestellte Persönlichkeit. Sie verstand nur zu gut, dass seine letzte Ehefrau, diese kleine Polin, es dort nicht lange ausgehalten hatte. Viel hatte er nicht erzählt, aber dass die junge Frau dort in der Einsamkeit wahre Höllenqualen ausgestanden hatte, konnte sie sich lebhaft vorstellen. Ob das arme Ding zuletzt ins Wasser gegangen war? Ganz abwegig erschien das nicht. Es gab viele einsame Seen in der Umgebung. Wahrscheinlich war der Grund ihres spurlosen Verschwindens jedoch banaler: Sie war samt Kind wieder in die alte Heimat zurückgekehrt, um noch einmal ganz von vorn anzufangen.

Schlimm genug, von der eigenen Frau auf eine solche Weise verlassen zu werden. Auch dem Kind trauerte er wohl heftig hinterher, obwohl er nicht gerne von seinen Gefühlen erzählte. Er sprach überhaupt sehr wenig. Das Schlimmste an dieser ganzen Angelegenheit war jedoch der böse Verdacht, der auf ihn fiel. Er war ein Zugezogener. Außerdem zeigte er für die Angelegenheiten der Dorfgemeinschaft kein Interesse – nein schlimmer noch, er ließ die Einheimischen seine Verachtung offen spüren. Natürlich nutzten sie das Verschwinden der jungen Frau, um es dem überheblichen Besser-Wessi heimzuzahlen. Wahrscheinlich mischte sich sogar echte Sorge um die junge Frau und ihr Kind in das Tuscheln der Dorfbewohner. Jedenfalls wurde rasch aus Klatsch und Tratsch ein böser Verdacht und aus dem Verdacht scheinbare

Gewissheit. Das Ende vom Lied war dann eine Hausdurchsuchung. Ein Akt staatlicher Willkür, den er mit hilflos geballten Fäusten durchstand.

»Ich hätte dreinschlagen können«, hatte er ihr einmal gesagt und seine Faust auf die Tischplatte gelegt. Es war rührend, mit welcher Sanftheit er die Faust hinlegte. So wie einen Gegenstand. Weiter sagte er nichts zu dieser Angelegenheit. Die Hetze in den regionalen Zeitungen verstummte zwar irgendwann, aber er hatte jeden einzelnen Artikel aufbewahrt. Vermutlich quälte er sich an den Jahrestagen damit, indem er sie immer wieder las. Auch darüber sprach er nicht. Nur, dass er hin und wieder im Tagebuch der verschwundenen Frau blätterte, erwähnte er einmal. Sie hatte jedoch inzwischen herausgefunden, wo er all diese Überbleibsel einer unseligen Vergangenheit aufbewahrte und beschloss kurzen Prozess zu machen. Ein Wechsel stand bevor, ein Schlussstrich musste gezogen werden. Sie würde den ganzen Plunder im Küchenherd verbrennen.

Aber sie hatte viel zu viel Papier in den Ofen hineingestopft. Das Zeug glimmte und qualmte und wollte partout nicht zünden. Also ließ sie es. Morgen wäre auch noch ein Tag. Zwei Wochen hatte sie Zeit. Vielleicht fand sie noch andere Dinge, die zu verbrennen lohnte.

Nach dem Verschwinden seiner jungen Frau hatte er sich schon bald zu trösten gewusst und machte auch keinen Hehl daraus: Immer waren es *blutjunge Dinger, die er für einige Zeit ins Haus holte und die dann auf Nimmerwiedersehen verschwanden. Nichts Ernstes. Jedenfalls nichts so ernst, dass man ihm wieder die Staatsanwaltschaft auf den Hals gehetzt hätte. Für das Dorf war er zu einem Phantom geworden. Zu einer Unperson, die man geflissentlich übersah, wenn man ihr begegnete. Seine Einkäufe erledigte er in der nächsten Kreisstadt. Wenn es unumgänglich war, etwas im Dorfladen zu besorgen, schickte er Heinrich mit einem Einkaufszettel und mit abgezähltem Geld. Sieben Jahre hatte er sich auf diese Weise gemeinsam mit seinem taubstummen Domestiken hinter den Mauern der altertümlichen Villa vergraben, die aber durch die Anwesenheit der beiden seltsamen alten Männer nicht freundlicher wurde. Ganz im Gegenteil.*

Jetzt schien er jedoch endlich Vernunft anzunehmen. Er hatte seine erste Frau für tot erklären lassen. Wer wollte es ihm verdenken? Kurzfristig flackerte das Getuschel im Dorf zwar wieder auf, als sich die Höhe der Versicherungssumme für Kind und Frau herumsprach. In dieser Zeit begannen seine Fernreisen. Oder besser gesagt: seine Fluchten. Es verschlug ihn bis weit nach Asien, aber nirgends blieb er länger. Schließlich fand er wieder zurück nach Europa und fasste auf Mallorca wieder Fuß.

Dort hatten sie sich kennengelernt. Er war immer noch attraktiv – trotz oder gerade wegen seiner

Jahre. Von seinen seelischen Verschattungen war unter der helleren südlichen Sonne kaum etwas wahrnehmbar. Befremdlich schien ihr allein, wie er immer wieder zwanghaft zurückkehrte zu diesem Haus, das ihm doch nur eine Last war. Er schien ihr wie ein Tier. Angebunden an einen Pflock, den es in weiteren oder engeren Zirkeln umkreiste. Dessen Schrittzahl aber durch eine Kette begrenzt war, die sich einmal von der einen, dann wieder von der anderen Seite um den Pflock wickelte.

Voreilig lud er sie in dieses Haus ein und leichtfertig folgte sie ihm. Sie war gleichermaßen abgeschreckt und angewidert durch die Ansammlung von zu vielen Vergangenheiten. Überall stapelte sich vergilbendes Papier. Zeitungsartikel, Tagebücher, Briefe und alte Stadtansichten schienen alles einzumauern. Das Haus war zwar renoviert worden, aber in einem altertümelnden düsteren Stil, der ihr kaum Luft zum Atmen ließ. Unter dem höheren südlichen Himmel in der würzigen Brise, die vom Mittelmeer her wehte, hatte er ihr viel besser gefallen. Falls er versuchte sie an dieses Haus zu ketten, würde auch sie ihn verlassen, so viel stand fest.

Aber alles wurde gut. Mit Liebe und zärtlicher Hartnäckigkeit hatte sie ihr Ziel mittlerweile beinahe erreicht: Schon morgen würde er in einem Frankfurter Büro die Unterschrift unter den Vertrag des Maklers setzen, dann weiterfliegen und auf Mallorca ein zweites Mal unterschreiben. Danach war es *endgültig; er wurde Besitzer eines großzügigen weiß gekalkten Appartements, das nur über eine rudimentäre Heizung, dafür aber über eine gut funktionierende Klimaanlage verfügte. Musik würde dort am Abend durch die weit geöffneten Fenster klingen, und es würde nach Meer duften und nach Pinien. Die Bezeichnung Alterswohnsitz gefiel ihr nicht. Sie würden dafür eine andere Sprachregelung finden. Sie hatten ja jetzt genügend Zeit.*

»Wenn du etwas brauchst«, hatte er gesagt, »kannst du jederzeit Heinrich rufen.« Dann hatte er ihr noch einmal die Sache mit den SMS erklärt und hinzugesetzt: »Denk dran, im Haus gibt es keinen Handyempfang – nur draußen im Park.«

»Mach dir keine Sorgen«, hatte sie ihm zugerufen, als sie winkend in der mit Kies bestreuten Auffahrt stand, während er den Jeep wendete und losfuhr. Das Fenster hatte er hinuntergekurbelt und er winkte ihr lässig zu. Mit einer Hand, die gebräunt war und sanft, so sanft – undenkbar, dass sich diese Hand einmal zur Faust geballt hatte. Dann gab er Gas, der Kies spritzte unter den Reifen weg, sodass sie erschrocken zur Seite trat. So wie er wegfuhr, wirkte es wie eine Flucht.

Heinrich stand halb verborgen unter schütterem Gesträuch. Den kantigen Schädel leicht vorgeschoben, die speichelglänzende Unterlippe schlaff herabhängend, bot er den Anblick eines Idioten. Mit leicht zusammengekniffenen Augen blinzelte er ins Gegenlicht. Dieses Blinzeln und auch die scharf gezeichneten Falten, die sich von der Nasenwurzel bis weit hoch in die Stirn zogen, straften diesen ersten Eindruck jedoch Lügen und verliehen ihm zumindest den Ausdruck eigensinniger Bauernschläue. Bevor sie ins Haus ging, lächelte sie ihm freundlich zu und dachte gleichzeitig: ›Was für ein widerlicher alter Kerl. Gut, dass wir ihn bald los sind.‹ Heinrich hob leicht die rechte Hand. Sie war unsicher, ob es ein Gruß war oder eine Geste der Abwehr.

Den Koffer packte sie erst gar nicht aus.

»Das lohnt nicht«, sagte sie unnatürlich laut, als ob die mit scheußlichen Tapeten beklebten Wände sie verstünden. Und sie fuhr triumphierend fort: »Ich bleibe nämlich nicht lange hier!«

Sie betrachtete das Doppelbett mit Widerwillen und fühlte sich auf einmal klebrig und schmuddelig. Ohne das große Badezimmer zu beachten, ging sie rüber in das enge Bad neben dem Gästezimmer. Dort war es ziemlich düster. Sie drehte das Licht an und betrachtete ihr Abbild im Spiegel. Um keinen Preis der Welt würde sie in dem Bett schlafen, in dem er sich jahrelang mit irgendwelchen billigen Flittchen vergnügt hatte. Weibsbilder, die vermutlich zwei Konfektionsgrößen zierlicher waren als sie. Normalerweise neigten Männer dazu, zerbrechlich wirkende Frauen zu beschützen. Sie warf ihrem adretten Spiegelbild eine Kusshand zu und strich sich wohlgefällig über die Hüften. Nein, niemand musste sie beschützen, so viel stand fest. Sie konnte *ganz gut auf sich selbst aufpassen und würde während seiner Abwesenheit zwei Wochen lang mit dem Gästezimmer vorliebnehmen. Eine Tür schlug zu, dann noch eine, weiter entfernt in den Tiefen des Hauses. Wahrscheinlich Durchzug.*

›Der Wind‹, dachte sie, ›dieser verdammte, ständige Wind, der hier geht, der kann einen wahnsinnig machen.‹

Sie würde das Fenster schließen. Doch das war schon fest verschlossen. Sogar die Läden waren vorgeklappt, was auch die im Zimmer herrschende Düsternis erklärte. Sie öffnete die Fensterflügel und versuchte die hölzernen Läden zurückzustoßen. Sie bewegten sich kaum. Irgendetwas drückte von außen dagegen und blockierte sie. Sie steckte ihre Fingerspitzen durch den schmalen Spalt und ertastete eine Wand aus massiven Steinen. Als sie ihre Finger zurückzog, klebte ein wenig frischer Mörtel an ihrer Haut. Für einen Moment betrachtete sie ihre Fingerspitzen, als ob es sich um einen Irrtum handelte. Ging dann mit wenigen raschen Schritten zur Tür und öffnete sie. Ein heftiger Schlag vor die Brust ließ sie zurücktaumeln.

»Was«, sagte sie, »was ...«, und begriff.

Draußen stand Heinrich. In einen blauleinenen Overall gekleidet. Die Mörtelkelle in der Hand. Die Falten auf der Stirn jetzt noch tiefer eingekerbt. Die sabbernde Unterlippe hochgezogen, der Mund zusammengepresst zu einem feindseligen Strich, einem Schlussstrich.

Die frisch aufgeführte Mauer war bereits brust-
hoch. Als sie versuchte, die obersten Steine heraus-
zubrechen, stieß er sie wieder brutal zurück, zog die
Tür mit einem raschen Griff zu und verriegelte sie
von außen. Dass auf der Außenseite, ganz oben, ein
Riegel angebracht war, hatte sie nicht mitbekom-
men. Es würde nicht mehr lange dauern, dann wäre
die Türöffnung komplett zugemauert. Sie stand in
der Mitte des Raumes und zitterte. Er arbeitete
rasch und sehr leise. Offensichtlich hatte er Übung.

Es mag seltsam klingen, aber die Idee mit der
zweiten Lebensgefährtin, einer bereits älteren, aber
sehr gepflegten Erscheinung, kam mir, als ich das
Badezimmer der Schmitts näher untersuchte. Ich
war gezwungen dieses Badezimmer zu benutzen,
da das im Grundriss eingezeichnete Gästebad aus
unerfindlichen Gründen nicht vorhanden war.
Anfangs war ich ein wenig gehemmt, aber schließlich übermannte mich doch die Neugier. Das
Badezimmer war von den kunstvollen Bodenfliesen
bis zur Badewanne komplett im Jugendstil eingerichtet. Dabei handelte es sich nicht um ein
Remake, nein, alles war noch im Original erhalten.
Lediglich die beiden Spiegelschränke waren neueren Datums.

Selbstverständlich konnte ich nicht wider-
stehen. Zuerst öffnete ich vorsichtig den Schrank
auf der linken Seite. Es war der eines Mannes, wie
man sofort sah. Er enthielt eine seitlich

aufgerissene Schachtel mit Heftpflastern. Ein Tiegel Vaseline stand dort und eine Dose Nivea-Creme. Auf der oberen Ablage lagen zwei Zahnbürsten, beide mittelhart und beide noch in ungeöffneter Originalverpackung. Daneben befand sich ein in Plastikfolie eingeschweißtes Reiseset, wie man es auf Interkontinentalflügen erhält. Ich schaute nicht nach, aber ich kannte den Inhalt: eine schwarze Schlafmaske, neonfarbene Ohrenstöpsel, eine winzige Tube Zahncreme. Unten standen säuberlich aufgereiht eine halb leere Flasche Mundwasser, zwei Produktproben mit Rasierwasser und eine Großpackung mit Aspirintabletten, offenbar aus einem US-amerikanischen Drugstore. Auch diese Packung erschien mir ungeöffnet und in den Rillen des Drehverschlusses hatte sich bereits dieser typische fast unsichtbare, aber dennoch widerliche Schmutzfilm abgesetzt, wie er ausschließlich in Badezimmerschränken vorkommt.

Nun öffnete ich auch den Schrank auf der rechten, der weiblichen Seite, wie ich mit Bestimmtheit annahm. Ich fand zwei nahezu völlig ausgequetschte Tuben einer teuren französischen Kosmetikmarke. Soweit ich es entziffern konnte – die metallische Farbschicht auf den Tuben war an manchen Stellen eingerissen und abgeblättert – waren es Produkte für die junge zu Pickeln neigende Haut. Der badezimmertypische Schmutzfilm war in diesem Schrank viel stärker ausgeprägt als in dem des Mannes. Auf die klebrigen Oberflächen der Glasablagen hatten sich Flusen in einer undefinierbaren Farbe abgelagert. Die weiteren Dinge im Schrank waren nicht der Rede wert: Ein einzelner roter Tubendeckel und eine Wimpernbürste, in deren Borsten krümelige braunschwarze Partikel hingen. Ansonsten keine weiteren Schminkutensilien, kein Parfüm, kein Deospray. Lediglich diese schwer fassbare Leere, die mir auf einmal unheimlich erschien. Entweder hatte die Unbekannte fast den gesamten Schrankinhalt mit auf die Reise genommen – oder diese Frau existierte seit geraumer Zeit nicht mehr.

Das Licht ging aus. Sie schloss die Augen, riss sie jedoch entsetzt sofort wieder auf. Zwischen dem Dunkel hinter ihren Augenlidern und dem des zugemauerten Zimmers gab es keinen Unterschied. Nicht den geringsten.

»Zwei Wochen«, flüsterte sie, »zwei Wochen.« Nur diese beiden Worte konnte sie denken: Zwei Wochen.

Noch bevor mir die Tragweite meiner Gedanken klar wurde, hatte ich schon damit begonnen, diese Geschichten für meine eigenen Zwecke auszuschlachten. Ich weidete die Indizien förmlich aus, wie die Gedärme eines Schlachtviehs. Bald schon fühlte ich mich wie eine Hohepriesterin, die in der Lage ist, aus den Innereien der Opfertiere die einzig gültige Wahrheit herauszulesen. In den wenigen klaren Momenten, die ich noch hatte, fand ich mich von mir selber in flagranti ertappt. Die noch dampfenden Organe in der Hand, besudelt von Schuld, wenn nicht der Mittäterschaft, dann der einer schweigenden Zeugin. Vergeblich versuchte ich, allzu verräterische Spuren zu verwischen. Nannte andere Namen, änderte Orte und Räumlichkeiten. Heimtückisch schlich sich das Haus jedoch immer wieder in meine Gedanken ein. Verhielt sich wie eine Art Organismus, der mich sukzessive in Besitz nahm. Wie eine Art Virus. Nein, es war stärker als ein Virus. Denn unzweifelhaft besaß es eine Persönlichkeit. Und im tiefsten Inneren war ich ihm sogar dankbar. Auch wenn ich immer stärker in einen Sog hineingeriet, der sich bald schon als unumkehrbar erweisen sollte: Fantasie und Realität vermischten sich auf untrennbare Weise. Willenlos überließ ich mich diesem Sog.

Dass dieser Prozess weit, gefährlich weit fortgeschritten war, bemerkte ich an dem Tag, an dem ich es aufgab, nach einer logischen Erklärung für das fehlende erste Stockwerk zu suchen. Kurz darauf steckte ich den eingescannten Grundriss in das munter flackernde Feuer im Küchenofen. Es war mir mittlerweile zu einem liebgewordenen Ritual geworden, zuerst den Holzofen in der Küche anzufeuern und dann die Katze zu füttern. Ich genoss das heimelige Knistern der Holzscheite, während ich mir die Hände an einer ersten Tasse starken Kaffees wärmte. War mir dann die Wärme genügend in die Glieder gekrochen, stieg ich empor zu meiner Arbeitsstätte, ins ›Oberstübchen‹.

Als ich an jenem Morgen jedoch den Grundriss ins Feuer steckte und zuschaute, wie sich die Ränder des Papiers schmutzig gelb färbten, sich einrollten, um danach mit einem müden Zischen in Flammen aufzugehen, fauchte die Katze auf einmal und wich zurück, als ich sie streicheln wollte. Befremdet sah ich, wie sie mit gesträubtem Fell zur Tür lief und dort solange kratzte, bis ich sie hinausließ.

In der darauffolgenden Nacht begannen die Albträume. Sie waren begleitet vom permanenten Schreien der Katze, die seit diesem Vorfall nicht mehr ins Haus zu locken war. Bald konnte ich nicht mehr unterscheiden, ob das panische Kreischen der Katze Traum oder Realität war. Es belastete mich aber dermaßen, dass ich beschloss, endgültig ins Oberstübchen umzusiedeln und dort auch meine Nächte zu verbringen. Dort, in dieser kleinen abgeschiedenen Dachkammer, begann dann die finale Raserei des Schreibens.

Mein größtes Talent war gleichzeitig auch mein schlimmster Charakterfehler: Mit perfider Selbstverständlichkeit, ja Gleichgültigkeit manipulierte ich die Gefühle meiner Leser. Ich selbst konnte mich immer von diesen Psychospielchen distanzieren. Dachte ich jedenfalls. ›Das sind doch nur

Geschichten‹, sagte ich immer. ›Ausgedachtes Zeug. Das hat doch nichts mit der Realität zu tun.‹

Dabei verweigerte ich mich störrisch einer Binsenweisheit: Alles, was sich Menschen gegenseitig antun, muss sich ein krankes Hirn zuerst einmal ausgedacht haben. Hieß das nicht im Umkehrschluss, dass alles, was ich mir ausdachte, im Prinzip möglich war – ja, schlimmer noch: dass solche Scheußlichkeiten wie Frauen bei lebendigem Leib einzumauern in den Bereich des Möglichen rückten – lediglich dadurch, dass ich sie beschrieb? Aber meine Geschichte existierte doch nur als Manuskript, als unschuldige Textdatei im Computer. Niemand, außer mir, hatte sie gelesen. Ein Klick mit der Löschtaste, und alles wäre verschwunden. Wirklich? Nein, allein dadurch, dass ich es dachte, hatte sich etwas im Gefüge der Welt verändert.

Etwas kam näher und ich beobachtete es mit fasziniertem Abscheu. Ja, es kam unzweifelhaft näher. Aber ich hatte es unter Kontrolle. Und dieses Buch würde mein größter Erfolg werden.

Schlafmangel wurde nun zu meinem ständigen Begleiter. Mit dem rasanten Fortschritt meiner Arbeit wuchsen in mir Sympathie und Dankbarkeit für dieses Haus, welches mir all dies überhaupt erst ermöglichte. Nur nachts, wenn die vermaledeite Katze nicht aufhörte zu schreien, meinte ich schreckerfüllt und schweißgebadet einen fernen Verwesungsgeruch zu spüren, der durch nur stümperhaft abgedichtete Rigipswände drang. Aber diese Phänomene verbannte ich beherzt in das Reich der Sinnestäuschungen. Ich lernte mein geradezu unnatürlich geschärftes Sensorium hinzunehmen und erklärte es zur unausweichlichen Folge des permanenten Schlafmangels. Schlaf und Nahrungsaufnahme, diese elementaren Lebensbedürfnisse, waren inzwischen auf ein absolutes Minimum reduziert. Ich hatte normalerweise einen gesunden Appetit, aber jetzt nahm ich selten mehr als eine trockene Scheibe Schwarzbrot zu mir. Oder ich bediente mich aus der Schublade meines Schreibtisches, in der ich zwei Rollen uralter Schokoladenkekse gefunden hatte. Aber auch diese Kekse zerkrümelte ich mehr, als dass ich sie aß. Nur einmal, als mich ein wahrer Heißhunger übermannte, suchte ich in einem Wandschrank in der Küche gierig nach etwas Essbarem, fand eine Dose Ravioli und schlang sie in meiner Gier kalt hinunter. Ein Verhalten, bei dem es mich noch nachträglich schauderte. Normalerweise kam mir nämlich ein solcher Fraß nicht über die Lippen. Aber im Furor des Schreibens schienen die üblichen Normen vollkommen aufgehoben. Etwas Vergleichbares hatte ich bisher noch nie erlebt – und nur zögernd gab ich mich diesem Prozess hin. Zuerst widerstrebend und mit schamhaften Anwandlungen. Aber je länger es andauerte, desto mehr fühlte ich mich in diesem Sog wie der sprichwörtliche Fisch im Wasser. Und irgendwann gab ich unumwunden zu, diesen Ausnahmezustand zu genießen. Eine reduzierte und gleichzeitig überwache Existenz, die offenbar nur an diesem Ort möglich war – oder im Kokainrausch. Aber keine Droge der Welt würde mir einen dermaßen langen Rausch bescheren, ohne, dass ich dabei in Lebensgefahr geriete. Das Haus hatte meine Persönlichkeit verändert, daran bestand kein Zweifel, aber ich schien dabei glimpflicher davonzukommen als meine Vorbewohner. Das negative Karma, das in diesen Wänden nistete, schien mich gnädig zu verschonen, sodass ich die Überfülle an skurrilen Früchten meines Aufenthaltes in Empfang nahm. Eine reiche Ernte ebenso überspannter, wie böser Bilder. Wenn ich meinen stetig wachsenden Roman betrachtete, fühlte ich mich so glücklich wie selten zuvor – was zählten da ein paar schlaflose Nächte, in denen draußen eine Katze in rasender Panik schrie? Ich war überzeugt, in diesem Haus eine Art Schatz gefunden zu haben, den ich nun Tag für Tag, Seite für Seite sorgfältig ans Licht hob. Um genau zu sein: Der Fehler war nicht mein Talent, mit dem ich bei anderen Menschen Gefühle manipulierte, sondern meine Leichtfertigkeit. Ich dachte, mein Erfolg gäbe mir das Recht dazu. Für mich war es immer wie ein Spiel gewesen. Aber der allergrößte Fehler war zu glauben, dies alles hätte nichts mit mir zu tun.

Wohlweislich hatte ich in den letzten Tagen den Blick in den Badezimmerspiegel vermieden. Als ich es heute doch einmal wagte, erschrak ich: Ein deutlicher Gewichtsverlust hatte nicht nur meine Jeans zum Schlottern gebracht, sondern zeichnete auch meine Gesichtszüge. Meine Augen waren von dunklen Schatten umgeben und tiefe Falten hatten sich zwischen Nasenflügeln und Mund eingegraben. Es wurde Zeit, dass ich es zu Ende brachte. Ein weiterer Grund, der für den unverzüglichen Abschluss dieses Projektes sprach, war die mangelnde Erwiderung meiner Sympathie, die ich für das Haus empfand. Ganz offensichtlich konnte mich dieses Haus nicht ausstehen und brachte das auch auf höchst kreative Weise zum Ausdruck. Ich schloss die brennenden Augen für einen Moment. Wenn ich darüber nachdachte, wie mich das Haus seit meiner Ankunft geradezu gemobbt hatte, verspürte ich einen leichten Schwindel. Vielleicht war es aber auch der Wassermangel. Wahrscheinlich hatte ich wieder seit Stunden nichts getrunken. Ich ging zum Wasserhahn. Gestern waren es drei Schritte bis dorthin gewesen, heute waren es zwei. Was war geschehen? Machte ich etwa heute größere Schritte? Ich war doch nicht in Eile. Es bestand kein Grund, größere Schritte zu machen. Oder – ich wehrte mich gegen diese Vorstellung – oder wurde dieses Zimmer tatsächlich immer enger? Meine überreizten Nerven, Überarbeitung, Schlaf- und Flüssigkeitsmangel machten mir wirklich stark zu schaffen. Ich müsste mal wieder ins Dorf gehen oder meinen Freund anrufen. Aber dann erinnerte ich mich: Ich hatte ja keinen Freund mehr.

›Schluss mit diesen negativen Gedanken‹, befahl ich mir. ›Jetzt trinkst du etwas, dann wird es dir sofort besser gehen!‹

In blinder Gewohnheit griff ich zum kleinen Drachenkopf aus Messing, der den Wasserhahn zierte. Er war nicht da. Nicht nur der Drachenkopf, der ganze Wasserhahn war verschwunden und mit ihm auch das altmodische Waschbecken in Muschelform. Ratlos, stumpf und ein wenig blöde starrte ich auf die Stelle, an der sich, meiner Überzeugung nach, der Wasserhahn befinden müsste und tastete mit gekrümmten Fingern die Wand ab. Ja, ich beklopfte sie sogar auf eine Weise, wie ich es bei meinem Hausarzt beobachtet hatte. Wie ein Arzt den Brustkorb eines lungenkranken Patienten sorgfältig auf Verdumpfungen und ansteigende Flüssigkeitsspiegel hin untersucht, klopfte ich Zentimeter um Zentimeter die Wand ab, bis mir einfiel: Er war gar nicht rechts von der Tür. Er war immer links gewesen. Ich lachte befreit auf und wendete mich nach links, aber dort war er auch nicht. Ich ging zurück zum Tisch, ratlos jetzt und mit dem Gefühl stumpfer Ergebenheit. Bis zu meinem Arbeitsplatz benötigte ich jetzt nur noch einen Schritt und einen halben und schon stieß ich schmerzhaft an die Tischkante. Ich hatte genau aufgepasst: Meine Schritte waren ganz sicher nicht länger geworden. Es gab keinen Zweifel: Das

Zimmer um mich herum wurde kleiner. Das war also der Grund für die klemmende, widerspenstige Tür. Vor einigen Tagen schritt dieser Prozess noch unmerklich und extrem langsam voran, aber jetzt schrumpfte es offenbar im Minutentakt. Ich musste schnell reagieren. Mir blieb wahrscheinlich nur noch wenig Zeit.

Über allem stand jedoch diese erstickende Betäubung, dieses Gefühl Unwirklichkeit. Die Verblüffung und das Befremden darüber, wie ein Ding so etwas wie einen eigenen Willen entwickeln konnte. Das war doch gegen jegliches Naturgesetz.

So sinnierte ich eine Weile und verlor kostbare Zeit. Als ich mich nämlich umwandte, den Laptop fest im rettenden Griff, um mich mit aller Kraft gegen die Tür zu werfen – da realisierte ich, dass auch die Tür verschwunden war. Rund um mich herum waren nur noch glatte Wände.

Einziger Ausweg war das Fenster, das trauliche halbrunde Auge. Aber es war viel zu schmal, meine Schultern passten nicht hindurch. Meine Gedanken rasten. Vielleicht könnte ich einen Zettel hinauswerfen mit dem Wort *HILFE* und einer Adresse, aber es war wenig wahrscheinlich, dass jemand den Zettel finden würde. Auch mein Handy half mir nicht weiter. Im Haus gab es keinen Empfang. Außerdem lag das rettende Gerät im Gästezimmer in der Nachttischschublade und war seit dem Ankunftstag ausgeschaltet. Heinrichs SMS war die letzte Nachricht gewesen. Ich war doch ohnehin fast nur noch hier oben gewesen, gefangen in meinem stummen Kampf um möglichst treffende Formulierungen. Hier im Oberstübchen war ich ganz und gar untergegangen in der fast besinnungslosen Anstrengung, diesem Haus sein wohlgehütetes Geheimnis zu entreißen. Und doch zugleich die Indizien literarisch so zu verschleiern, dass mir niemand auf die Schliche kommen würde. Ironie des Schicksals: Nun hatte mich also das Haus am Wickel.

Ja, es hatte mir von Anfang an gezeigt, dass es mich nicht leiden konnte, auch wenn ich mich weigerte, die unmissverständlichen Zeichen richtig zu deuten. Immer hatte ich alles nur rational bewertet, fand für alles eine natürliche Erklärung. Die Sache mit dem fehlenden Handyempfang war nichts Besonderes. So etwas kam vor. Und eigentlich war es mir auch recht. Ich wollte nicht gestört werden, hatte die Isolation sogar bewusst gewählt.

Auch für die amoklaufende Dusche fand sich eine natürliche Erklärung. Eine uralte Installation, verkalkte Rohre und ein klappriger Durchlauferhitzer. Was war anders zu erwarten als ein spärlicher Strahl eiskalten Wassers, urplötzlich abgelöst von einem kochend heißen Schwall, der mir den Rücken verbrühte. Trotz dieser Widrigkeiten schien mir all dies nicht wirklich beunruhigend. Aber in den letzten Tagen hatten sich die seltsamen Vorkommnisse gehäuft: Da schienen sich die Treppenstufen unter meinen Füßen zu verbiegen und ein Dielenbrett, das gestern noch kerzengerade gewesen war, hatte sich urplötzlich verzogen und brachte mich schon zum Stolpern, wenn ich nur in seine Nähe kam. Ich begann meine Schritte sorgfältiger zu setzen, aber als dann urplötzlich kleine Gegenstände heimtückisch und quasi aus dem Nichts auftauchend auf der Treppe herumlagen, stieg ich die Stufen nur noch hoch, indem ich mich vorsichtig am gedrechselten Geländer festhielt. Aber eben dieser Handlauf erschien auf einmal seifig, und zweimal entkam ich nur mit Glück und unter Aufbietung meiner schnellsten Reflexe einem fast sicheren Sturz. Auch dies hatte meinen Entschluss erleichtert, endgültig ins Oberstübchen umzuziehen. Rückblickend musste ich nun annehmen, dass all diese kleinen Vorkommnisse Teil einer perfiden Taktik des Hauses gewesen waren. Einer Taktik, die es ihm nun ermöglichte, mich bei lebendigem Leibe einzumauern. Mir schwante, dass die Idee mit den eingemauerten Leichen gar nicht so weit hergeholt war, wie sie mir anfangs schien. Und hatten nicht die E-Mails, die Schmitt mir sandte, zuletzt einen gehetzten, ja beinahe verstörten Eindruck gemacht? Die Tippfehler hatten sich gehäuft. Er hatte versucht, den Termin meiner Anreise vorzuverlegen. Hatte selbstverständliche Grußformeln vergessen und was dergleichen Flüchtigkeitsfehler und Fehlleistungen mehr waren. Ich schöpfte jedoch keinen Verdacht. Wenn ich mir überhaupt etwas gedacht hatte, dann schob ich sein Verhalten auf Senilität. Und später, als ich glaubte ihm auf die Schliche gekommen zu sein, meinte ich darin die Angst des Täters vor Enttarnung zu erkennen. Oder das schlechte Gewissen des mehrfachen Mörders. Allzu lange hatte ich aber nicht über Schmitt nachgedacht, da dieser mich lediglich als Kunstfigur und Konstrukt eines Serienmörders interessierte, keinesfalls als leibhaftiger Mensch mit einem Körper, einer Seele und womöglich echten Gefühlen.

Nun rächte sich meine Gedankenlosigkeit auf furchtbare Weise. Ich war mir sicher, dass ich mit kühlem Intellekt und logischem Denken bei der Lösung meines Problems nicht weiterkam. Was hier geschah, spottete den Naturgesetzen ebenso wie dem Diktat der Logik. So verrückt es klang: Hier war Einfühlungsvermögen gefragt. Ob das möglich war? Empathie mit einem Haus aufzubauen? Wenn es mir doch nur gelänge, mich besser zu konzentrieren, dann hätte ich eine Chance es herauszufinden – dann läge auch meine Befreiung in greifbarer Nähe.

Wenn ich doch nur nicht so unglaublich müde wäre. Außerdem wütete nach der tagelangen Appetitlosigkeit nun auch der Hunger wieder in meinem Inneren und riss schmerzhaft an den Gedärmen. Aber schlimmer noch war der Durst. Ich fühlte mich kraftlos und wie gelähmt. Mein größter Fehler war so zu tun, als hätte das, was ich schreibe, nichts mit mir zu tun. Niemals hätte ich diese Stelle schreiben dürfen, in der die junge Polin ihrem Vater wieder begegnete, von Angesicht zu Angesicht. Niemals hätte ich offenbaren dürfen, wie gut ich Bescheid wusste, über das, was der Vater meiner Protagonistin angetan hatte. Ich wusste es einfach zu gut ... nämlich aus eigener Erfahrung.

Als ich das Entsetzliche jedoch niederschrieb, war ein Riss zwischen den beiden Welten entstanden – zwischen meiner Hochglanz-Welt des manipulativen Verstandes und dem Kellerloch mit dem gut gehüteten Familiengeheimnis. Wie ein schleichendes Gift war es durch diesen Riss hineingesickert. Es – das Unfassbare. Das Grauen. Dass ich es hineingelassen hatte, war unverzeihlich von Ewigkeit zu Ewigkeit. Auch wenn es auf dem Papier aussah wie das Hirngespinst einer Schriftstellerin – ich wusste es besser. Was hatte mich dazu getrieben, mich auf diese Weise zu outen? Größenwahn? Bekennermut? Es war ein Fehler, denn ein Opfer bleibt immer ein Opfer, bleibt ein Opfer ... so hämmerte es nun in meinem Schädel. Auch das Haus hatte sofort erkannt, auf welche Seite ich gehörte – und schlug nun erbarmungslos zu.

»Muttergottes hilf«, murmelte ich und versuchte das Fensterchen zu öffnen. Es klemmte und ich bekam es nur einen Spaltbreit auf. Kalte klare Winterluft drang herein. Ich presste mein Gesicht an die Fensteröffnung, um Luft zu holen.

›Luft‹, dachte ich. ›Atmen, atmen bis zuletzt.‹

Das bis dahin unaufhörliche Schrumpfen des Zimmers schien jedoch auf einmal zum Stillstand gekommen zu sein. Ich hielt den Atem an und lauschte, ob dieser Zustand anhielt. Sollte es doch noch Erlösung für mich geben? Es war eine kalkrieselnde, vergiftete Stille. Die Wände hatten mittlerweile die Tischplatte erreicht. Und obwohl es ein Wahnsinn war, dies auch nur zu denken, spürte ich eine kitzelnde Neugierde, ob die Tischplatte berstend zersplittern oder sanft und spurlos mit den Zimmerwänden verschmelzen würde.

Es war mir vollkommen klar, dass die Beantwortung dieser Frage meinen sicheren Tod bedeutete, aber ich kam dennoch nicht umhin, sie zu stellen. Insgesamt erschien mir dieser ganze Prozess als wenig gewalttätig, vielmehr als etwas Organisches, Natürliches, das zu stören ich kein Recht hatte. Vielleicht konnte ich auch deswegen kaum Kräfte zu meiner Rettung mobilisieren. Dieses unaufhörliche Schrumpfen war nicht von Ächzen oder Bersten begleitet. Es gab keine Geräusche, wie man sie von harten und spröden Materialien erwarten würde. Auch die Tischplatte war nun schon etwa zur Hälfte verschwunden. Dieser ganze Vorgang erinnerte mich an etwas. Ich versuchte, es zu fassen. Es war wichtig, ich spürte das. Der Fensterspalt hatte sich geschlossen. Die Luft war auf einmal trübe und schwer. Das Atmen. Meine Gedanken.

Ich musste mich sammeln, auch wenn ich noch so müde war.

Nun durchschauerte eine Art Wellenbewegung die Wände des Zimmers und unwillkürlich legte ich die Hand auf meinen Bauch. Die Wellenbewegung fand ihre Fortsetzung im Grummeln meines Darmes, der sich in jähem Schmerz zusammenkrampfte. Auf einmal erkannte ich, was hier geschah und ich bekam Angst, Himmelangst. Peristaltische Wellen durchliefen das Haus von den Fundamenten bis zum Oberstübchen. Dieses Haus fraß seine Bewohner! Es fraß und verdaute sie.

»Heinrich!«, schrie ich wie von Sinnen und schlug gegen das fest geschlossene Fensterglas. Kein Hebel war mehr geblieben, mit dem ich das Fenster hätte entriegeln können. Seine freundliche halbrunde Form hatte sich zu einem zynischen Spitzbogen verzerrt. So dünn es erschien, das Glas gab unter meinen Schlägen nicht nach.

»Heinrich! Bitte! Hilf mir!«

Irgendwo da draußen musste er sein. Ob er es müde war, dass dieses Haus immer neue Opfer forderte und er schaufelte sich sein eigenes Grab? In meiner Angst hatte ich vollkommen vergessen, dass Heinrich nichts hören konnte. Ich mochte rufen, so laut ich wollte. Freund Hein war taub. Auf einmal loderte weit hinten ein schmutzig roter Flammenschein auf. Und dann sah ich ihn: Er hatte Äste und Strauchabschnitt in die Grube geworfen und verbrannte nun dieses Zeug.

Schwarz wie ein Schattenriss stand er vor der Grube, die ich in meiner überreizten Fantasie für ein Grab gehalten hatte. So hatte alles, alles eine natürliche, eine vollkommen harmlose Erklärung.

»Kein Grund Angst zu haben«, flüsterte ich und sah zu, wie mein Laptop allmählich mit der Wand verschmolz. Ich schaute noch einmal rüber zu Freund Hein, der nun wieder nach unten griff. Da war noch etwas, das er in die Grube werfen würde. Ein letzter Rest. Es steckte in einem Sack und ich wollte die Augen schließen vor dem, was unabänderlich kommen würde. Etwas bewegte sich in dem Sack. Es strampelte. Wie ein Kind in Todesnot strampelte es und ich hörte selbst durch das geschlossene Fenster das panische Kreischen der Katze, die er nun mit weit ausholender Bewegung in die Flammen warf. Diesen kleinen Körper, der sofort verschluckt wurde und von dem nichts zurückblieb, keine Spur.

Ich schließe die Augen wie ein unvernünftiges Kind, das sich auf diese Weise verstecken will.

»Keine Panik«, flüstere ich. »Das ist alles nur ein böser Traum. So ein Traum, in dem man genau weiß, dass man träumt, aber es fehlt die Kraft sich aufzuraffen, um rechtzeitig aufzuwachen, bevor das Schlimmste geschieht. Das ganz Schlimme, das Undenkbare.«

Nun biegt sich der kümmerliche Rest der Tischplatte. Der Prozess schreitet offenbar wieder schneller voran. Jetzt ist der perfekte Zeitpunkt, um aufzuwachen, beschließe ich. Der Zeitpunkt, an dem man unbedingt aufwachen muss, weil es sonst zu spät ist. Ich strenge mich an, balle die Fäuste. Ich beiße die Zähne zusammen, stöhne vor Anstrengung. Jetzt – jetzt – nur noch eine Winzigkeit trennt mich von Vernunft und Tageshelle. Gleich habe ich es geschafft.

Ich öffne die Augen. Da sehe ich, wie sich der Fensterladen vor den Rest des halbovalen Fensters schiebt. Er klappt vor das Glas, wie ein Augenlid, das müde herabsinkt.

Es wird dunkel.

Angeschmiert

MARY HAD A LITTLE LAMB,
HIS FLEECE WAS WHITE AS SNOW,
AND EVERYWHERE THAT MARY WENT,
THE LAMB WAS SURE TO GO.

(ENGLISCHES KINDERLIED)

Sarah war 24 Jahre alt, als sie spurlos ver-
schwand. Ob ihre Freundin Lena es hätte
verhindern können? Vielleicht dann, wenn
sie ihrem Albtraum Glauben geschenkt hätte. Hatte
sie nicht genau gesehen, was Sarah widerfuhr?
Jedes einzelne, grauenvolle Detail? Aber selbst
dann, wenn sie reagiert hätte – sie wäre zu spät
gekommen. Außerdem maß sie Traumbildern keine
Bedeutung bei.

Lenas Küche war wie eine kleine, gemütliche Insel, während draußen die Herbststürme tobten. Die Fensterläden klapperten, und die lose Dachtraufe kreischte wie ein waidwundes Tier. An dem alten Bauernhaus gab es noch einiges zu reparieren und nach dem Sturm würden auch wieder Dachziegel fehlen. Aber Lena ließ sich ihre gute Laune nicht verderben. Leise summend prüfte sie die Vorräte im Kühlschrank. Der Regen klopfte an die Fensterscheiben, als würfe jemand Kieselsteine gegen das Glas. Lena lauschte. Da klopfte tatsächlich jemand. Als sie die Haustür öffnete, wurde die ihr vom Sturm fast aus der Hand gerissen. Und mit einem Schwung gelber Blätter wehte Sarah in den Gang.

Rotwangig und eine Sektflasche in der Hand, umarmte sie die Freundin und prustete mit übereinander purzelnden Worten: »So ein Sauwetter! Ich dachte schon, mich weht's in den Graben! Der

Hof war kaum zu finden, aber jetzt bin ich ja hier! Wann gibt's Essen?«

Sie stürmte in die Küche, drehte sich mit ausgebreiteten Armen um sich selbst, schrie: »Oh, wie hyggelig« und löste gleichzeitig die Drähte am Sektkorken. Als der Korken an die Decke knallte, fiel sie Lena um den Hals, und der Sekt schäumte so sehr, dass sie die Gläser stehen ließen und aus der Flasche tranken.

Und während die Fensterläden klangen wie Zähneklappern und die Dachtraufe jämmerlich wimmerte, giggelten die beiden wie Schulmädchen.

»Hyggelig«, wiederholte Sarah mit Nachdruck. Dänisch war ihre Muttersprache und im Deutschen hätte man viele Worte machen müssen, um das Wort hyggelig zu beschreiben: heimelig, gemütlich, kuschelig und angenehm durchwärmt, während bösartige Trolle draußen in die Kälte der skandinavischen Nächte verbannt waren.

Sie kochten vegan. Sarah wunderte sich: »Vegetarisch? Warum isst du kein Fleisch mehr?«

Lena zuckte die Schultern. Zu viel war in letzter Zeit passiert. Enttäuschungen, die Trennung von Liebgewordenem und Gewohntem, sozusagen der Zusammenbruch einer ganzen Welt – jetzt wollte sie neu anfangen. Die veränderten Essgewohnheiten erschienen ihr als logische Konsequenz.

»Vegan ist etwas anderes als Vegetarisch«, erklärte sie der Freundin, während sie Möhren, Sellerie und Lauch aus dem Kühlschrank holte. In einem Korb lagen rotbackige Äpfel aus dem eigenen Garten, und knollige Kartoffeln warteten in der Speisekammer.

»Ich esse nur noch das, was die Erde freiwillig gibt.«

»Also keinen Honig im Joghurt und niemals Eier oder Käse? Gemüselasagne ohne Käsekruste? Schmeckt das? Na gut, ich lass mich mal überraschen! Vielleicht überzeugst du mich ja durch deine Kochkünste!«

Sarah biss krachend in eine leuchtend orange Karotte. Lena grinste übers ganze Gesicht und breitete altes Zeitungspapier auf dem Küchentisch aus.

»Vor das Abendessen hat der liebe Gott das Gemüseputzen gesetzt«, erklärte sie und drückte Lena ein Schälmesser in die Hand. Dann stutzte sie. »Moment mal. Das ist die Seite mit den Wochen-Horoskopen. Bevor wir unsere Zukunft unter Kartoffelschalen begraben, wollen wir wenigstens sehen, ob vielleicht morgen schon ein Märchenprinz anklopft.«

Wie zur Bestätigung hämmerte es gegen die Hauswand. Es war aber kein Prinz, sondern ein Fensterladen, der sich losgerissen hatte.

»Es würde mich nicht wundern, wenn uns das Dach über dem Kopf wegfliegt«, murmelte Lena und griff entschlossen nach der Zeitung. »Bist du nicht Jungfrau?«

»Schon lange nicht mehr«, witzelte Sarah, hörte sich dann aber andächtig die Prognose an. Sie klang abgründig: »In dieser Woche werden Sie Altlasten los. Animalische Triebe könnten Sie bedrohen. Rache ist zwar süß, aber gefährlich.«

»Na hör mal«, schimpfte Sarah, »wollen die mir Angst einjagen? Ach was, ich glaube sowieso nicht an Horoskope!«

Energisch säbelte sie an einer riesigen Kartoffel herum. Gelbliche Schalen und ausgestochene

Augen segelten auf die Zeitung und bedeckten das Horoskop.

»Jetzt warte doch mal.« Lena wischte die Schalen zur Seite. »Ich muss meins auch noch lesen. Hör mal – das klingt doch gar nicht schlecht: In dieser Woche wird sich einer Ihrer Träume erfüllen.«

»Ja, das klingt tatsächlich gut«, bestätigte Sarah und beugte sich stirnrunzelnd über das Papier. »Aber reichlich unpräzise. Na, meine Liebe – welcher Traum soll sich denn für dich erfüllen? Ein Traummann?«

»Nein, nein, bloß nicht ...«, wehrte Lena ab. »Vielleicht ein Lottogewinn? Ein Traumhaus habe ich ja schon. Naja, ein wenig Geld für die notwendigsten Reparaturen könnte ich schon gebrauchen.«

»Vielleicht ein Traumurlaub«, warf Sarah ein und begann eine heftige Diskussion über das ideale Ziel: Trekking in den Alpen oder Tauchen auf den Malediven.

Unter Lachen und Plaudern verging die Zeit. Die Suppe war wunderbar, und die Gemüsequiche überzeugte auch ohne Käse und Eiersahne. Und dann das Dessert! Kompott aus eigenen Äpfeln, gesüßt mit Birnendicksaft und aromatisiert mit Zimt. Der krönende Abschluss war selbstgemachter Holunderlikör, der kräftig zur inneren Erwärmung beitrug.

»Jetzt fühle ich mich auch innen ganz hyggelig«, strahlte Lena. Und Sarah schwor, in Zukunft deutlich weniger Fleisch zu essen.

Lena stimmte ihr begeistert zu: »Überleg doch mal: Jeder Deutsche isst pro Jahr vierzig Kilo Schweinefleisch. Kannst du dir vorstellen, wie viele Tiere das in siebzig Jahren sind? Und dann habe ich die vielen Hühner und Rinder noch gar nicht mitgezählt.«

Sarah schüttelte sich: »Grauenhaft. So habe ich das noch gar nicht gesehen. Stell dir mal vor, beim Jüngsten Gericht erwarten dich alle Tiere, die du mal gegessen hast und klagen dich an, weil du ihr Mörder bist – ein Albtraum! Da kann einem wirklich der Appetit vergehen.«

»Erschreckend«, bestätigte Lena und nippte genüsslich am Likör. »Und hinzu kommt ja noch, wie diese Tiere während ihres kurzen Lebens gequält werden. Ich sag nur KZ-Hühner und Turbo-Schweine. Nein wirklich, in diesem Leben kommt mir kein Schnitzel mehr auf den Teller!«

»Jetzt will ich aber nichts Negatives mehr hören«, rief Sarah. »Das Essen war jedenfalls großartig, und ich will mir nicht den schönen Abend verderben. Es wird die Welt zwar nicht retten, doch in Zukunft werde ich öfter mal fleischlos essen! Jetzt muss ich aber los – sonst verpasse ich den letzten Zug!«

»Du willst doch nicht etwa heute Nacht noch raus?« Lena schüttelte ungläubig den Kopf. Beide lauschten, plötzlich verstummt, beinah ehrfürchtig dem Toben der Elemente.

»Ich habe morgen ganz früh einen Termin«, erklärte Sarah. »Das nächste Mal bleibe ich über Nacht. Versprochen. Mach dir um mich mal keine Sorgen – das bisschen Regen bringt mich nicht um. Ich bin doch nicht aus Zucker!« Ebenso leichtfüßig, wie sie das Haus betreten hatte, wirbelte sie nun wieder nach draußen und wurde schon nach wenigen Schritten vom nächtlichen Dunkel und dem tosenden Sturm verschluckt.

Lena lehnte lauschend den Kopf an die Tür. Keine zehn Pferde brächten sie bei diesem Wetter nach draußen, wo es heulte und jaulte, als ob ein Rudel Wölfe das Haus umschlich. Und auch die Dachtraufe kreischte wieder wie in Todesnot. Zurück in der Küche glitt Lenas alkoholduseliger Blick über soßenverschmierte Teller und halbleere Gläser. Der Raum erschien ihr nun nicht im geringsten hyggelig, gemütlich oder heimelig, sondern chaotisch und abweisend. Lustlos räumte sie ein paar Teller in die Spülmaschine und stellte die Sektgläser neben das Spülbecken. Auf einmal herrschte draußen Stille. Tiefe, atmende Stille. Lena hob den Kopf. Da! Ein tiefes Stöhnen wie von unendlicher Qual ließ die Hauswände vibrieren und Lena erschrak so sehr, dass sie einen der gläsernen Sektkelche in der Hand zerdrückte. Mit stierem Blick fixierte sie das Blutrinnsal, bis es im Abfluss versickerte. Mit pochender Hand floh sie ins Bett und fiel in einen unruhigen Schlaf.

Im Traum begleitete sie ihre Freundin auf der stürmischen Rückreise. Der Zug kam pünktlich und Sarah achtete darauf, nicht in den letzten Waggon einzusteigen. Eine übliche Vorsichtsmaßnahme allein reisender Frauen, aber diesmal unnötig, denn kein weiterer Passagier stieg zu. Sie starrte in die Nacht, erkannte aber nur ihr eigenes Spiegelbild. Dann wurde ihr Gesicht ausgelöscht von rhythmisch vorbeigleitenden Lichtern der Landstraßen. Und auch diese Lichter verschwanden. Sie wurden von waagerecht verlaufenden Regenschlieren zu einem abstrakten Kunstwerk verschmiert. Sarah fand ihr Gesicht nicht mehr wieder in diesem nächtlichen Spiegel. Beunruhigt legte sie die Fingerspitzen auf das Glas, drückte spielerisch dagegen, konnte jedoch die harte, kühle Oberfläche nicht durchdringen. Traum und Realität blieben säuberlich getrennt. Lediglich ihr Gesicht blieb unauffindbar. Aufgesogen von der

Nacht. Verschwunden im spiegelnden Fensterglas. Seufzend lehnte Sarah sich zurück und vermied den Blick zum Fenster.

Nach Mitternacht kam sie an, die Bahnhofshalle lag im Dunkeln und der Bahnsteig war menschenleer. Der Sturm hatte nachgelassen, aber ein hartnäckiger Nieselregen durchnässte Sarah schon nach wenigen Schritten. Also nahm sie die Abkürzung. Die muffige und schlecht beleuchtete Unterführung wurde seit zehn Jahren kaum noch als Durchgang benutzt. Um genau zu sein: seit der alte Schlachthof direkt neben den Gleisen des Güterbahnhofes geschlossen worden war. Mehr als fünfzig Jahre lang waren Mitarbeiter des Schlachthofes durch diese Unterführung zur Arbeit gegangen. Gleichzeitig fuhren oben Güterzüge vor, und Tiere wurden über eine Betonrampe direkt in die Todesfabrik hineingetrieben. Hinaus kamen sie als Schlachtabfälle oder säuberlich portioniert und in Cellophan verpackt. Allerdings munkelte man irgendwann von unhaltbaren Zuständen. Der Skandal war komplett, als Tierschützer heimlich ein Video drehten: Schweine zuckten im Todeskampf, während sie kopfüber an Fleischerhaken baumelten. Schreckstarre Hühner mit weitaufgerissenen Augen bluteten bei lebendigem Leib langsam und qualvoll aus.

Dieses Ekel-Video, obwohl nur wenige Minuten lang, wurde einem Fernsehsender zugespielt und beendete schlagartig die Existenz der Firma Blut &

Wurst, wie sie in der Bevölkerung genannte wurde. Der Schlachthof diente dann einige Zeit als Treff für illegale Partys, dann als Filmkulisse, um schließlich abgerissen zu werden. Nur die inzwischen nutzlose Unterführung war übriggeblieben. Manchmal dachte Sarah, dass sie der einzige Mensch war, der sie überhaupt noch nutzte. Damals, als die Wogen hoch gingen, hatten Tierschützer die gekachelten Wände mit unmissverständlichen Graffitis geschmückt. Die Bilder zeigten berückend schöne Tierköpfe: wollige Lämmer, frech lächelnde Ferkelchen, sanft bewimperte Kälber und kecke Hühner – wundervolle und kunstvoll ausgeführte Portraits – man meinte, hinter den Bildern den Geist echter Individuen zu spüren. Wanderte das Auge weiter nach unten, ergab sich jedoch ein grauenhafter Kontrast: die Leiber dieser paradiesisch unschuldigen Tiere waren zerstückelt und präsentierten sich mit gebrochenen Gliedmaßen und heraushängenden Gedärmen. Sarah vermied den Blick auf diese Entstellungen und ging immer rascher.

Während das Echo ihrer Schritte von den Wänden widerhallte, bewegte gleichzeitig auch Lena in ihrem Federbett unruhig die nackten Füße. Auch ihr Atem ging nun tiefer, und ihre Augäpfel zuckten hektisch unter geschlossenen Lidern. Auf einmal war ihr, als wölbten sich die Tunnelwände, als wüchsen aus freundlichen Schweinegesichtern riesige Hauer. Plötzlich trugen die Hühner scharfe, gebogene Adlerschnäbel, die sich kreischend öffneten. Lammköpfe lösten sich von der gekachelten Unterlage, wollige Hälse streckten sich wie Schlangenleiber. Lena stöhnte im Schlaf, und ihre Finger krallten sich in die Decke. Sie sah genau, was hinter Sarahs Rücken vor sich ging. Ragte da nicht auf einmal aus den Schädeln der Lämmer das reinste Teufelsgehörn? Und hörte Lena nicht diese schrecklichen Geräusche? Das blökte, grunzte und kreischte, als sammelten sich Beelzebubs Horden zur mörderischen Hetzjagd.

„Renn, Sarah, renn!", wollte Lena schreien, aber ihre Lippen blieben stumm, während ihre Füße einen aussichtslosen Kampf mit dem Bettlaken führten. Und Sarah rannte, aber nun waren diese Graffiti-Gestalten dicht hinter ihr. Die zu unheimlichem Leben erwachten Fratzen wurden zu grotesken Chimären und Sarah stand auf einmal, wild um sich schlagend, in einem Höllenszenario, wie von Hieronymus Bosch gemalt: Blutige, krallenbewehrte Tatzen griffen nach ihr, furzende, stinkende Geister, die mit einer Hand ihre Darmschlingen zusammenrafften, hauchten ihr den stinkenden, fauligen Atem der Todesangst ins Gesicht. Nun kamen sie von allen Seiten, versperrten den Ausgang, ließen nicht ab von ihr, bis endlich einer ihr rechtes Bein erwischte und sie ins Straucheln geriet. Bis ihre verzweifelten Hilferufe in einer Kakophonie von Kreischen, Gackern und

Grunzen untergingen. Bis sie fiel – und nicht mehr aufstand.

Mit einem Schrei erwachte Lena und setzte sich schweißgebadet auf. »Was für ein fürchterlicher Albtraum«, flüsterte sie. »Das war sicher der Likör.« Sie raffte die Decke um sich, klopfte das Kissen zurecht und schlief wieder ein. Sie schlief tief und traumlos bis zum nächsten Morgen.

Sarah meldete sich nicht mehr. Anfangs schickte Lena ihr noch SMS. Zuerst witzige, dann besorgte, und schließlich schlich sich ein beleidigter Unterton in ihre Mini-Nachrichten. Dann stand die Polizei vor ihrer Tür. Selbstverständlich verschwieg Lena ihren Traum, aber nachdem die Beamten gegangen waren, fuhr sie zum Bahnhof. Am Eingang des Tunnels blieb sie stehen. Niemals hätte sie sich in dieses finstere, stinkende Loch hinuntergewagt. Der Lichtstrahl ihrer Taschenlampe geisterte über die bemalten Wände. Da war nichts Besonderes: Keine Blutspuren, keine Kleider oder Schuhe, nichts, was auf das Verschwinden ihrer Freundin hindeutete. Schulterzuckend wandte sich Lena zum Gehen, drehte sich aber dann doch noch einmal um: »Sarah«, flüsterte sie und kam sich gleichzeitig lächerlich vor: »Sarah, steckst du hier irgendwo?« Hätte sie genauer hingeschaut, hätte sie die Züge der Freundin hinter der Maske eines zu Tode erschrockenen Lämmchens erahnen können. Aber die

Beleuchtung war miserabel, und Lena betrachtete nur ungern die grauenhaften Details der Graffitis.

Zwei Wochen später bewilligte der Gemeinderat Neubauwohnungen auf dem Gelände des ehemaligen Schlachthofes. Aus diesem Grund wurde auch die Unterführung saniert. An einem Dienstag gab es eine Begehung mit mehreren Sachverständigen.

»Die Substanz ist noch brauchbar«, entschied einer der Experten. »Saubere Wände ohne diese widerlichen Schmierereien, bessere Beleuchtung – das macht doch gleich einen ganz anderen Eindruck.« Er sah auf die Uhr: »Zeit fürs Mittagessen. Im Gasthaus Stern gibt es eine hervorragende Schlachtplatte.« Keiner der Experten bemerkte die Ecke, an der sich die Farbe blasig vorwölbte. Nun platzte diese Blase und ein dünner Blutfaden rann auf den gekachelten Boden. Beim Hinausgehen rutschte einer der Männer aus.

»Verdammte Feuchtigkeit«, rief er.

Da fuhr ein Windstoß durch den Tunnel, der wie heulendes Gelächter klang. Niemand hätte zugegeben, dass dies ein unheimlicher Ort war, aber nach diesem kleinen Intermezzo machten die Fachleute, dass sie rasch wieder ans Tageslicht kamen. Kaum waren sie gegangen, erfüllte ein heiseres Wispern und Raunen den Gang.

An einem nebeligen Mittwochmorgen betrat ein Lehrling in Latzhose die Unterführung. Zuerst schleppte er eine Quarzlampe und ein Verlängerungskabel herein, dann holte er Leiter und

Werkzeugkoffer. Als er die Lampe an das Verlängerungskabel anschloss, gab es einen Schlag und es
wurde vollkommen dunkel. Er tastete nach der
Wand und griff in etwas Feuchtes. Dann in raues
Fell. Seine Schreie klangen wie die eines Wahnsin-
nigen. Aber sie verstummten rasch. Danach erfüll-
ten nur noch reißende Geräusche, Kauen und das
Knacken splitternder Knochen die Dunkelheit.

Hautkontakt

in memoriam XY, nach dessen Tod ich jahrelang ein
bestimmtes Stadtviertel mied.

DIE DUMMHEIT GEHT OFT
HAND IN HAND
MIT DER BOSHEIT

(HEINRICH HEINE)

Das Einzige, was Mike vermisste, seit er im Todestrakt saß, war der Hautkontakt mit einem anderen Menschen. Seinetwegen auch zu einem Tier. Nachts träumte er von Katzenfellen, von kuschligen Kissenbergen, in die er sich hineinwühlte, von einem Kaminfeuer, das ihn angenehm durchwärmte. Das waren die harmlosen Träume. Aus ihnen erwachte er erfrischt und gestärkt. Dieses Gefühl hielt meist eine kleine Weile vor, während er auf der Pritsche lag, die Augen noch geschlossen und einen Traumzipfel festhaltend, vielleicht sogar die Vorstellung von einem weichen, warmen Frauenkörper, in den er widerstandslos eindrang.

Aber immer im Augenblick des Eindringens kippte das Bild. Obwohl er dann, wie im Reflex, die Augenlider zusammenkrampfte, konnte er nicht verhindern, dass der innere Film rot wurde. Blutrot. Zuerst war es noch harmlos: da verteilten sich einzelne kleine Spritzer auf dem weißen, weichen Körper. Immer sah er nur diesen Ausschnitt, den Torso: vom Hals abwärts, die kleinen, festen Brüste, den unteren Rippenbogen, der sich überdeutlich abzeichnete, als sie scharf die Luft einzog. In dem Moment, als er zustieß. Und als er das Messer rauszog, da tropften diese verdammten kleinen Blutspritzer auf ihre weiße Haut und verdarben das ganze Bild. Sie hatte eine feine weiße Blinddarmnarbe gehabt, aber die Wunden, die er ihr beibrachte, fanden keine Zeit, um abzuheilen. Die Wunden, die er ihr beibrachte, als er wieder und immer wieder mit dem Messer in sie eindrang. Vierzig Einstiche hatte sie gehabt, als er mit ihr fertig war. So stand es zumindest im Protokoll, denn diese verdammten Wissenschaftler wollten es immer ganz genau wissen. Vierzig Einstiche hatten sie gezählt. Als ob das noch wichtig gewesen wäre, aber diese Pedanten verstanden nicht, dass wirklich wichtig nur war, dass dieses Schreien aufhörte. Dieses unaufhörliche Kreischen, das von weiter oben kam, aus ihrem Kopf, den er aber nicht sah, nur ihre Brüste sah er und den Bauch, in den er eindrang. Wieder und immer wieder, und so war es eigentlich auch nur eine reflexartige Bewegung gewesen, als er ihr die Kehle durchschnitt. Aber wenn er es nicht spätestens jetzt schaffte, seine vollkommen verkrampften Augenlider mit äußerster Disziplin auseinanderzureißen, dann lief der innere Film immer weiter, alles wurde rot und rot und rot und das Schreien brach zwar ab, aber das Röcheln war noch viel furchtbarer.

Das war der Film, den Mike seit vielen Jahren anschaute. Nacht für Nacht, bis zur totalen Erschöpfung. Seit er damals bewusstlos neben ihrer Leiche zusammengebrochen war, hatte er diesen Film viele tausend Mal gesehen, und er hielt es nicht mehr aus. Es wurde Zeit, dieses Programm zu beenden. Unter normalen Umständen hätte er die Kleine damals niemals umgebracht. Unter normalen Umständen hätten sie miteinander abgefeiert, oder sie wären kichernd und knutschend, mit quietschenden Reifen nachts um zwei über den Parkplatz geschleudert. Hätten es gleich im Auto getan oder vielleicht auch gewartet, bis sie die Wohnung geentert hätten. Aber ganz sicher hätten sie es nicht mehr bis ins Schlafzimmer geschafft, sondern es auf dem Gang getrieben. Auf diesem orangefarbenen Teppich mit dem roten Muster aus Tropfen und Rinnsalen, die sich unter ihrem Körper zu einer Pfütze vereinigt hatten. Unter ihrem Körper, der sich ihm leicht entgegengebogen hatte, der dann plötzlich völlig widerstandslos war und schlaff. Dieser Körper, der eiskalt war, als er wieder erwachte. Was heißt erwachte – es war ein Polizist, der ihn an den Schultern rüttelte und ihm die Augenlider hochschob, um seine Vitalzeichen zu prüfen.

Zuerst hatten sie ihn nämlich auch für ein Opfer gehalten, blutbesudelt und benommen, wie er war. Aber es war schnell klar gewesen, dass Mike der Täter war. *Vorstadt-Schlächter* nannten sie ihn und *Schlitzer aus dem Drogen-Ghetto* schrien die Schlagzeilen. Aber die Gesellschaft war schnell fertig mit ihm und der Fall verschwand aus den Medien.

Mike verschwand auch. Und zwar im Todestrakt. Das war theoretisch schon in Ordnung so. Mal ganz abgesehen davon, dass er, wie jede atmende Kreatur auf dieser Erde eine Scheißangst vor dem

Sterben hatte, aber – hey! – was konnte so einer wie er schon vom Leben erwarten?

Fatalismus wäre ganz schlecht, hatte der Seelsorger gemeint, aber er hatte nicht verstanden, warum ausgerechnet ein katholischer Gefängnispfarrer von einer islamischen Sekte erzählte. Er hatte sich doch damals nicht etwa mit einem Sprengstoffgürtel um den Bauch auf den Times-Square gestellt, sondern lediglich so eine kleine Bitch aus Appartement 345 A im 13. Stock eines anonymen Hochhausblocks abgemurkst.

»Ich bin doch kein Fatalist«, hatte er geantwortet und sich gewundert, warum der Pfarrer grinsen musste. Er hatte es ihm dann den Unterschied zwischen Salafismus und Fatalismus erklärt, und da war sich Mike ganz schön bescheuert vorgekommen. Etwa so bescheuert wie in dem Moment, als er realisierte, dass er für den Auftrag in den 12. Stock hätte gehen müssen. Die Bitch, die auf seiner Auftragsliste stand, war eine dreißig Jahre alte Nutte mit Spielschulden bei Jerry. Und Jerry verstand keinen Spaß in finanziellen Angelegenheiten. Und eigentlich hätte er sie auch nicht umbringen sollen, sondern nur ein bisschen im Gesicht markieren, wie sich Jerry ausgedrückt hatte.

»Du jagst ihr bloß einen tierischen Schrecken ein«, hatte Jerry gesagt, und sein Adamsapfel war an seinem ausgemergelten Hals auf und ab gehüpft, wie ein nervöses knochiges Tier.

Er hatte immer nur auf Jerrys Hals schauen müssen, aber Jerry war auch nicht der Typ, der einem tief in die Augen sah. Ein kurzer, männlicher Händedruck und dann war das Geschäft beschlossene Sache. Totsicher. Nur, dass Mike es mal wieder vermasselt hatte und das Wort totsicher eine andere Bedeutung bekommen hatte. Die Kleine, die er so viehisch zugerichtet hatte, war erst zweiundzwanzig gewesen und hatte auf Lehramt studiert oder so ähnlich. Ihre Mutter hatte an jedem einzelnen beschissenen Prozesstag im Gerichtssaal gesessen und seinen Blick gesucht. Als das Urteil verkündet wurde, hatte er sie das erste Mal lächeln sehen. Seine eigene Mutter hatte ihn nie angelächelt, deswegen hatte er kaum Vergleichsmöglichkeiten; aber soweit er das beurteilen konnte, war es kein gutes Lächeln, das ihm die Mutter des Mordopfers rüberschickte.

Jerry hatte auch so ähnlich gelächelt, als er ihm den Auftrag gab. Die Drogen, die er brauchte, um in Schwung zu kommen, gab's gratis obendrauf. Und hinterher Cash; einen ordentlichen Batzen Geld auf die Kralle. Die Drogen waren übrigens richtig gut gewesen. Vielleicht zu gut, und das war wahrscheinlich auch der Grund dafür gewesen, dass er es vermasselt hatte.

Natürlich war Jerry nur ein Deckname gewesen. Niemand kannte Jerry oder hatte je etwas von ihm gehört. Noch nicht mal die Schlampe aus dem 12. Stock.

»Fragt die Schlampe!«, hatte er die Bullen hysterisch angeschrien, als ihm klar wurde, dass er sich im Stockwerk geirrt hatte. Er hatte immerhin ihr Leben gerettet – wenn auch unfreiwillig. Sie müsste doch auch ein Interesse daran haben, Jerry ans Messer zu liefern. Aber als die Bullen im 12. Stock an das Appartement Nr. 345 A klopften, war sie schon ausgezogen. Fluchtartig, hieß es und dass sie so gut wie nichts mitgenommen hätte. Jerry blieb ein Phantom. Und Mike war der einzige Tatverdächtige. Also ergab er sich in sein Schicksal.

Die blutigen Träume wurde er nie wieder los. Inzwischen hatte er sogar Angst vor dem Einschlafen. Wenn er von Katzen träumte oder von Kissenbergen, dann war alles gut. Aber sobald ein Frauenkörper ins Spiel kam, wurde es grauenhaft. Und fast nie gelang es ihm, rechtzeitig wach zu werden. Die Wimpern seiner Oberlider schienen sich in den Unterlidern zu verhaken. Die Augenränder hafteten aneinander wie mit Klettverschlüssen fixiert, und manchmal spreizte er die Lider gewaltsam mit den Fingern auseinander, nur damit dieses Rot wegging. Diese Spritzer, die zu Bahnen zusammenliefen, sich zu Pfützen und Seen sammelten. Die sich unaufhaltsam um ihn herum ausbreiteten. Er hätte niemals geglaubt, dass in einem einzelnen Menschen so viel Blut sein kann. Den faden Geruch wurde er auch nicht mehr los.

»Riechst du wirklich nichts?«, hatte er den Pfarrer an einem Mittwochnachmittag gefragt, nachdem er sich bereits fünfmal an dem Edelstahl-Waschbecken gewaschen hatte. Zeit hatte er ja reichlich. Er hätte sich auch zehnmal waschen können. Zigaretten und zwei Mahlzeiten – das waren die einzigen sparsamen Vergnügungen, welche die Gefängnisverwaltung ihnen zugestand. Aus unerfindlichen Gründen hatten sie den Gefangenen inzwischen sogar den wöchentlichen Hofgang gestrichen.

»Das musst du doch riechen«, hatte er gesagt, weil der Pfarrer nicht antwortete, sondern nur die Stirn runzelte.

»Zigaretten?«, vermutete der Geistliche, doch das war es nicht. Es war das Blut. Aber nur Mike konnte es riechen. Letzte Woche war übrigens das Gerücht aufgekommen, das Rauchen im Todestrakt sollte verboten werden. Von Zelle zu Zelle gewispert und mit Klopfsignalen an den Fallrohren der Waschbecken über die Stockwerke gemorst, sprang diese Hiobsnachricht im Nu durch den ganzen Gebäudetrakt, aber letztlich hatten sie es doch nicht gewagt. Unvorstellbar, was dann passiert wäre. Außerdem verdienten die Wärter ganz gut mit Zigaretten-Dealen. Rauchen war so ziemlich das letzte Vergnügen, was die Gefangenen noch hatten.

»Riechst du immer noch nichts?«, hatte er insistiert, aber der Pfarrer kannte kein Menschenblut. Er faselte nur vom Blut Christi.

In der darauffolgenden Woche hatte er es abgelehnt, noch einen weiteren Antrag auf Begnadigung zu stellen. Danach lief die Maschinerie unerbittlich an. Seine Zelle wurde nun einmal pro Woche durchsucht. Man achtete peinlich darauf, dass er sich nichts antat. Aber Mike hatte nichts zu verbergen. Wer sollte auch etwas hineinschmuggeln, mit dem er dem Urteil zuvorkommen konnte? Außer dem Pfarrer besuchte ihn sowieso niemand mehr. Selbst der Anwalt ließ sich jetzt nicht mehr blicken. Obwohl Mike noch atmete, aß, rauchte und schiss, war er bereits jetzt aus der Gemeinschaft der Lebenden ausgestoßen. Er lag auf dem Förderband, das in Richtung Exekution lief und mit jedem Millimeter, den es ihn weiter voran schob, wurde er von einem Menschen zu einem Stück Fleisch, dessen man sich nur noch irgendwie entledigen musste. Aber das war vollkommen in Ordnung so. Sein Tod war die einzige Hoffnung darauf, dass er das verdammte Blut wieder loswürde. Er sah keinen anderen Ausweg. Er empfand die Vorstellung des eigenen Todes als eine einzige, riesige Erleichterung, und manchmal erwischte er sich dabei, dass ihm das ganze Procedere viel zu lange dauerte. Das Warten war das Schlimmste. Das einzige, vor dem er sich fürchtete, war, dass ihm kurz vorher doch noch die Nerven durchgehen würden. Dass er Todesangst empfände wie ein Tier, das den Metzger wittert. Dass er sich unwürdig verhalten würde. Aber Mike hatte sich fest vorgenommen, zumindest seinen letzten Auftritt nicht zu verpatzen.

Das Einzige, was er hier wirklich vermisste, war ein wenig Hautkontakt. Meinetwegen auch ein Tier zum Streicheln. Das hätte ihn getröstet. Er träumte von einer Katze. Draußen hatte er mal einen Hund besessen, aber das war lange her. Sein Anwalt hatte ihm nie die Hand gegeben. Nur der Pfarrer. Der hatte so weiche, schwabbelige Hände, immer leicht feucht. Es war kein Vergnügen, dem Pfarrer die Hand zu geben. Aber er tat es. Er wollte den Geistlichen nicht kränken. Im Grunde genommen war der ja auch eine arme Sau. Welcher Seelsorger wollte freiwillig im Gefängnis arbeiten? Vielleicht sehnte der sich insgeheim auch nach ein wenig Hautkontakt?

An dem Tag, als sich alles änderte, rief ihn der Wächter bei seiner Nummer. Immer riefen sie die Nummer, nie den Namen. Das erschwerte die Kommunikation der Gefangenen untereinander und nahm ihnen den letzten Rest Identität. Eine Nummer radiert man einfach aus und pustet die Radiergummikrümel weg, das war's dann. Auch die Gefangenen taten sich leichter, zu akzeptieren, dass sie lebende Tote waren. Dachten zumindest diejenigen, die sie nicht beim Namen riefen. Wenn die sich überhaupt mal was dachten. Der Wächter rief also die vierstellige Nummer und setzte hinzu: »Besuch für dich.« Und ergänzte, während er ihm die Fußfesseln anlegte: »Der Pfarrer.«

Bevor er dem Geistlichen die Zellentür öffnete, erklärte der Wärter: »Ist übrigens ein Neuer. Der alte Seelsorger ist gestorben. Sekundenherztod, hieß es. Ging angeblich ganz schnell und schmerzlos.«

Und Mike dachte zum millionsten Mal: Ob die Giftspritze auch so schnell wirkt – und vor allem schmerzlos? Er war so in Gedanken, dass er den gehässigen Zusatz des Wärters fast überhörte: »Zu dir wollte der neue Pfarrer eigentlich gar nicht kommen. Keine Ahnung warum, aber er hat Himmel und Hölle in Bewegung gesetzt, um dich loszuwerden. Aber als Gefängnisseelsorger kann man sich seine Schäfchen nicht aussuchen.«

Der Neue war etwa genauso alt wie Mike. Aber kleiner. Schmal und ausgemergelt stand er in der Zellentür, und wahrscheinlich war es besser, dass Mike, der größer war und trotz Haft immer noch durchtrainiert und muskulös, Fußfesseln und Handschellen trug – zu gewaltig war der körperliche Unterschied. Der Pfarrer hielt den Kopf gesenkt und reichte ihm die Hand. Ein warmer, kräftiger Händedruck.

»Gelobt sei Jesus Christus.«

Es durchzuckte ihn wie ein Blitz. Er hätte die Hand ewig festhalten können. Es war so ein unsagbar gutes Gefühl. »In Ewigkeit Amen«, antwortete seine Stimme, als käme sie nicht aus Mikes Körper, und wieder durchfuhr es ihn wie ein Blitz. Der neue Pfarrer hob das Gesicht, und ihre Hände glitten auseinander.

»Es ist bald soweit?«, fragte Mike und musste sich räuspern.

Der Pfarrer nickte. Seine Züge waren undurchdringlich. Lediglich sein stark hervorstehender Adamsapfel glitt unter der gelblichen Haut unentwegt auf und ab. Der Adamsapfel, dieses im Hals steckengebliebene Stück Sündenschuld, das sich einfach nicht hinunterschlucken ließ. Ob es besser wäre, wenn Mike einfach weitersprach, um die Befangenheit zu überspielen?

»Wie lange arbeiten Sie schon hier im Gefängnis, Vater?«

»Ich bin neu hier. Solche wie mich nennt man Spätberufene. Ich hatte vorher ein völlig anderes Leben – ein schwieriges Leben. Ich hatte sozusagen auch mein Kreuz...« Er brach ab. Schwieg. Kämpfte mit Worten. Schluckte sie hinunter. Der Apfel des Bösen war unverdaulich. Seit Adams Zeiten würgten ihn die Menschen immer wieder hoch, und er blieb ihnen im Hals stecken. Auch Frauen hatten einen Adamsapfel im Hals. Er lag bei ihnen nur im Fettgewebe versteckt, war nicht so offensichtlich wie bei den Männern. Er hatte es genau gespürt, als er ihr die Kehle durchschnitt. Als das Messer durch das weiche Gewebe glitt und im

Apfelbutzen stecken blieb. Erst in diesem Moment hatte er aufgehört zuzustechen und zu schneiden. Aber da war es zu spät gewesen. Da war schon fast kein Blut mehr gekommen.

»Werden Sie mich begleiten, Vater?«

»Ja.«

»Werden Sie meine Hand halten, bis zuletzt?«

»Wenn du das willst. Aber du weißt, dass ich raus muss aus dem Raum, wenn sie, ...« Seine Stimme zitterte, brach.

»Es reicht vollkommen, wenn Sie meine Hand halten, bis sie mich angeschnallt haben. Ich habe ein wenig Angst, dass ich doch noch schwach werde ... ganz zuletzt. Es tut gut, einen Menschen zu spüren.«

Er wollte nicht beichten. Also verließ der Pfarrer die Zelle schon nach wenigen Minuten. Sein schmaler Rücken war vor lauter Erleichterung kerzengerade, aber seine Schritte klangen, als wäre er auf der Flucht.

Mike kniff die Augen zusammen. Ließ die Fingergelenke knacken. Dachte nach. Es blieb ihm nur eine winzige Chance. Wenn es auf die letzte Phase zuging, wurden manche Bestimmungen gelockert. Cola zum Beispiel. Er konnte Cola bestellen. Vielen Leidensgenossen fiel das Sterben schwerer, weil sie am Leben hingen. Er jedoch sehnte sich nach dem Tag seiner Hinrichtung, aß und trank mit gutem Appetit, zog diszipliniert sein Sportprogramm durch, lief auf der Stelle, machte Liegestütz – das volle Programm. Er war noch niemals im Leben so gesund und durchtrainiert gewesen wie jetzt, in der letzten Woche seines Lebens. Die einzige Sünde, die er sich gestattete, war das Rauchen. Die Wärter waren großzügig und steckten ihm immer wieder mal Zigaretten zu.

Sie kamen morgens um vier. Bevor sie ihm Handfesseln anlegten, bat Mike darum, sich noch einmal waschen zu dürfen und frische Kleider anzulegen. Sie erlaubten es. Als er vortrat, um sich fesseln zu lassen, rümpfte einer die Nase und meinte: »Hast wohl ein bisschen viel gequalmt in letzter Zeit? Da hilft auch das Waschen nichts!«

Mike grinste schief und ließ sich die Fesseln anlegen. Dann trat er aus der Zelle. Der Pfarrer erwartete ihn, streckte ihm zögernd die rechte Hand entgegen. Er wirkte noch kleiner und verschrumpelter, als er ihn in Erinnerung hatte. Langsam schritten sie den Gang hinunter, Mike mit schwer klirrenden Fußfesseln und der Pfarrer leise Gebete murmelnd. Hand in Hand gehend, wirkten sie wie ein skurriles Paar aus einem Stummfilm. Die Wärter hinter ihnen, sprungbereit wie Panther. Die Leidensgenossen in den Zellen achtungsvoll schweigend.

Als sie im Vorraum des Hinrichtungsraums ankamen, umgriffen Mikes Finger die Hand des Pfarrers mit noch größerer Kraft. Zwischen ihren Handflächen war ein klebriger Film entstanden, der sie Haut auf Haut aneinanderhaften ließ, wie durch Klebstoff verbunden. Der Pfarrer starrte geradeaus. Er war verstummt und sehr blass, fast grün im Gesicht und der kalte Schweiß stand ihm auf der Stirn. Auch wenn sie sich noch immer im gleichen Raum befanden, trennten sich nun ihre Wege endgültig. Mike überantwortete sich der Maschinerie, deren Räderwerk unerbittlich ablief. Während er noch atmete und sein Herz schlug, wurde er zum Fleisch, dessen Vernichtung lediglich ein abstrakter, administrativer Akt war. Niemand würde durch seinen Tod schuldig werden. Die Luft im Hinrichtungsraum war sauber, eine Klimaanlage summte. Flüchtig streifte ihn der Gedanke, dass die Luft nach seinem Urin riechen würde, wenn er sich einnässte im Augenblick des Todes. Hinter einer blickdichten Scheibe saßen die Zeugen der Hinrichtung. Die Mutter des Mädchens und Reporter. Er selber hatte weder Verwandte noch Freunde, die zu dieser letzten Party gekommen wären. Die Gesichter hinter der Scheibe blieben anonym. Er konnte sie sich noch nicht einmal vorstellen.

Sein Herz schlug hart gegen die Rippen, und in seinem Magen machte sich ein flaues Gefühl breit. Die Finger des Pfarrers krallten sich in seine Handfläche. Aber er ließ ihn nicht los. Es war wie ein stummes Kräftemessen.

Auch, als er sich hinlegte und sie die Riemen um seine Arme und Beine festzurrten, ließ er nicht locker. Der Pfarrer trippelte unruhig auf der Stelle, wie ein scharrendes Huhn; der kalte Schweiß lief ihm aus dem Ärmel und tropfte auf ihre ineinander verschlungenen Finger, deren Knöchel sich schon längst weiß gefärbt hatten.

Irgendjemand schob Mikes Hemd hoch und befestigte EKG-Elektroden auf seiner Brust. Es wurde Zeit, den Pfarrer gehen zu lassen. Als sich ihre Hände voneinander lösten, entstand ein schnalzendes Geräusch, wie ein missbilligender Zungenschlag. Der Pfarrer starrte in seine Handfläche, als wollte er aus den Linien die Zukunft lesen. Im Hinausgehen wischte er die Hand mehrfach an der Hose ab.

Einer, der aussah wie ein Sanitäter, rollte Mikes Ärmel hoch und legte einen Stauschlauch um den Bizeps, der sich wie ein überdimensionaler Fleischklops unter der Haut wölbte. Mike machte eine Faust und pumpte, ohne dass er dazu aufgefordert wurde. Rechts war immer seine Schlaghand gewesen. Dann stach der als Sanitäter Verkleidete zu. Er machte es ziemlich geschickt. Der Einstich war kaum die Rede wert. Nachdem er vorsichtig den Schlauch gelöst hatte, legte er die Infusion an. Das Gift würde langsam in Mike hineintropfen, ihm erst das Bewusstsein nehmen und dann seinen Herzmuskel lähmen. So jedenfalls hatten sie es ihm erklärt. Er hoffte, dass sie die Flaschen in der richtigen Reihenfolge infundieren würden. Als er damals seinen Hund einschläfern ließ, hatte der noch einige Minuten lang gezuckt. Er hoffte, dass die Riemen, mit denen er angeschnallt war, das verhinderten.

Irgendjemand las mit lauter Stimme einen Text vor, und dann wurde ein Hebel umgelegt. Eine wasserklare Flüssigkeit tropfte in seine Vene. Als die Flüssigkeit sich mit seinem Blut mischte, spürte er die Kälte. Sie begann seltsamerweise nicht im Arm, sondern in den Zehen und kroch langsam höher. Es war ein relativ angenehmes Gefühl. So, als ginge man an einem heißen Sommertag in einen See. Schritt für Schritt stieg es höher in ihm. Wenn es sein Herz erreichte, würde er sterben. Er hatte keine Ahnung, ob sein Gehirn im selben Moment auch abgeschaltet würde. Aber er hoffte es.

Auf einmal tat es einen Schlag, und im Raum entstand eine Unruhe. Jemand rief etwas. Er konnte die Augen kaum offenhalten, die Kühle stieg unaufhaltsam und er machte sich bereit.

Als er seinen Körper verlassen hatte, sah er, wie sich der Pfarrer auf dem Boden liegend krümmte. Eine Nikotinvergiftung ist eine widerliche Sache. Kotzen, Kreislaufkollaps, Atemstörungen, Herzrhythmusstörungen und Krämpfe. Die Giftspritze ist ein Klacks dagegen. Zwanzig Kippen in einem Rest Cola, das reichte, um ein solches Fliegengewicht wie den Pfarrer auszuschalten – auch wenn er das Gift nur über die Haut aufnahm. Ein brüderlicher Händedruck kann genauso tödlich sein wie ein Judaskuss.

Mikes EKG zeigte nun schon länger als zehn Minuten eine Null-Linie. Der Tote hing friedlich und mit gelösten Zügen an den Infusionsschläuchen. Aber niemand schenkte ihm Beachtung. Alle Anwesenden kämpften um das Leben des Pfarrers.

Unter der Zimmerdecke schwebend, begrüßte Mike kurz darauf die zerknitterte, gequälte Seele, die sich ihm zugesellte: »Dachtest du wirklich, deine Sünden würden dir vergeben, wenn du als Gefängnispfarrer arbeitetest? Was für eine idiotische Idee, Jerry. Sorry für die unschönen Umstände deines Todes, Kumpel – aber ich musste improvisieren. Auf Staatskosten wäre es für dich komfortabler gewesen.«

Er öffnete die Augen. Da war ein Licht. Weiß, hell, strahlend. Da war kein Rot im Bild, das sich ihm bot. Nicht der kleinste Spritzer. Er atmete aus und verschwand.

Anmerkung: in US-amerikanischen Gefängnissen ist das Rauchen im Todestrakt verboten. In Texas und Colorado wird den Todeskandidaten mittlerweile sogar die sog. ‚letzte Zigarette‘ vor der Hinrichtung verweigert.

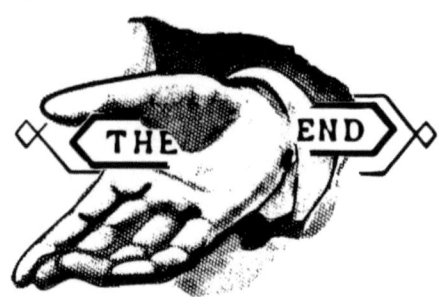

Ausgebügelt

MANCHE EHE IST EIN TODESURTEIL,
DAS JAHRELANG VOLLSTRECKT WIRD.

(AUGUST STRINDBERG)

Am nächsten Morgen waren rote Flecken auf dem Laken. Misstrauisch beobachtete Horst seinen Harnstrahl, aber da kam kein Blut. Er kam sich vor wie ein Idiot, als er das Hemd hochstreifte und sich vor dem Spiegel verrenkte, um den Rücken zu betrachten. Aber seine Rückenhaut war heil. Kein Kratzer. Kein Blut.

Kopfschüttelnd stopfte er die Bettwäsche in die Maschine. Er achtete darauf, dass sich keine Socken zwischen die Bettwäsche mogelten. Er stellte die Temperatur richtig ein und füllte ausreichend Waschpulver sowohl in die Vorwaschkammer als auch in den Hauptwaschgang. Er hatte alles genauso gemacht wie Herta. Trotzdem stank die Wäsche modrig, als er sie aus der Maschine nahm. Horst entschloss sich, Bettlaken, Handtücher und Tischwäsche draußen aufzuhängen. An der frischen Luft würde der Verwesungsgestank wohl verfliegen. Die Herbstsonne schien zwar seit Tagen nur als bleiche Scheibe hinter kompaktem Hochnebel, aber Horst hoffte, dass ihre Kraft zum Wäschetrocknen noch einigermaßen ausreichte. Horst hasste es zu bügeln, aber es blieb ihm wohl nichts anderes übrig. Er konnte die Wäsche nicht klamm in die Schränke legen. Und sie über Nacht draußen hängen zu lassen, damit wäre Herta nie und nimmer einverstanden gewesen.

Dann wurde es Zeit zum Friedhof zu fahren. Im Sommer radelte Horst regelmäßig alle zwei Tage zum Grab, damit die Blumen nicht vertrockneten.

Ab Oktober aber nur noch dienstags und freitags. Dann zupfte er ächzend dürres Herbstlaub von lilafarbenen Erikabüscheln und ging mit knackenden Knien in die Hocke. Seine Finger zitterten, wenn er die Kerze im roten Plastikbehälter auswechselte. Herta hätte es gefallen, dass ihr Grab so ordentlich aussah. Herta hätte es auch gefallen, dass Horst ausreichend Bewegung hatte. Bewegung an frischer Luft, wohlverstanden. Wenn er sich innerhalb der Wohnung bewegt hatte, hatte sie das als rastlos bezeichnet.

Seit er in Rente war, hatte Herta ständig nach benutzten Taschentüchern gefahndet, sie anklagend hochgehalten, sich vor Krümeln undefinierbarer Herkunft geekelt und Berge von Nussschalen und herausgerissene Zeitungsseiten mit Gesundheitstipps entsorgt. Sonnenlicht kurbele den Vitamin-D-Stoffwechsel an, hatte sie immer behauptet, wenn sie ihm den Schal um den Hals festzurrte. Das habe sie in der Apotheken-Umschau gelesen, und er solle bloß die Tweed-Jacke nehmen und nicht diese lumpige Windjacke. Draußen sei es schon empfindlich kühl. Und während er die Treppe hinabstieg, rief sie ihm hinterher, dass er sich um Gottes willen am Handlauf festhalte solle.

»Denk ja nicht, dass ich dich im Krankenhaus besuchen werde« rief sie ihm hinterher. »Wenn du durch deine eigene Dusseligkeit die Treppe runterfällst und dir was brichst.«

Und obwohl er schon auf dem zweiten Treppenabsatz schweißgebadet war, wagte er es dennoch nicht, den Schal zu lockern. Denn er wusste, dass sie - kaum hatte sie die Korridortür hinter ihm geschlossen - leichtfüßig wie ein junges Mädchen zum Küchenfenster sprang.

Als er sie im Winter 1959 das erste Mal gesehen hatte, schienen ihre Sohlen das Parkett kaum zu berühren, wenn sie beim Rock'n'Roll über die Tanzfläche wirbelte. Ab da war er regelmäßig in der Kellerbar zu finden gewesen, wo auf einer viel zu kleinen, kreisrunden Fläche regelmäßig ein wahrer Höllentanz getobt hatte. Aber es dauerte noch bis April, als er es an einem Samstagabend tatsächlich wagte, die Krawatte lockerte und die Anzugjacke auszog. Er tat so, als existierten diese Jeans-Typen nicht. Diese jämmerlichen James-Dean-Verschnitte, die in der Fabrik Schicht arbeiteten und ihn anglotzten, als wollten sie jedem Bonzen im Schurwollanzug eins aufs Maul gegeben. Unangefochten hatte er Herta über die Tanzfläche geschwenkt, wie eine Trophäe und kurz darauf ein Taxi bestellt. Um den James-Deans zu entgehen. Und weil er es sich leisten konnte.

Nimm den, hatte Hertas Mutter gesagt, da bist du gut versorgt. Und von da an hatten sie nur noch Foxtrott getanzt. Wobei man festhalten muss, dass sich Herta bei Standardtänzen unglaublich ungeschickt anstellte. Irgendwann war er es leid, dass sie sich ständig die teuren Schuhe ruinierte, weil sie ihre Füße mutwillig unter die seinen schob, so dass er unwillkürlich drauftrat. Wobei er natürlich gentlemanlike die Schuld immer auf sich nahm. Aber nach der Hochzeit war dann sowieso Schluss mit solchen Vergnügungen. Der Hochzeitswalzer war ihr letzter gemeinsamer Tanz gewesen, soweit er sich erinnerte. Es gab zahllose Gründe, nicht zu tanzen. Kein einziger war es Horst je wert gewesen, darüber zu diskutieren. Später hatte er Herta eine Zeitlang im Verdacht gehabt, dass sie das Radio laut aufdrehte, während er im Büro war; dass sie auf Strümpfen durch die Küche tanzte und unsinnige Dinge tat, wenn sie sich unbeobachtet fühlte. Dass sie lauthals Schalalala sang. Dass der Briefträger die Post nicht in den Briefschlitz schob, sondern die drei Treppen hochstieg, um sie Herta persönlich in die Hand zu drücken.

»Guck mal, was für einen dicken Stapel Post wir heute bekommen haben«, sagte Herta manchmal, wenn er von der Arbeit nach Hause kam. Ihre Stimme klang wie immer, aber Horst überschlug nachts im Bett, wie viel Platz eigentlich in so einem Briefkasten sei, und er wälzte sich stundenlang von einer Seite auf die andere. Um sicherzugehen, bestand er darauf, dass ein Aufkleber an den Briefkasten kam: Werbung unerwünscht. Danach schlief er besser. Mit der Zeit übernahm er auch den Gang zum Metzger, obwohl der nie besonders großzügig abwog, wenn Horst kam. Aber der Metzger war Witwer und hatte einen gewissen Ruf.

Mit den Jahren übernahm Horst immer mehr Verantwortung. Das war nicht immer einfach gewesen, aber da Herta die Wohnung kaum noch verließ, blieb ihm nichts anderes übrig. Leichtfüßig war sie immer noch. Bis zum Schluss. Aber schon lange flog sie ihm nicht mehr im Korridor entgegen, wenn er den Schlüssel im Schloss drehte. Jetzt sprang sie auf Strümpfen zum Küchenfenster, um ihm aufzulauern, wenn er das Haus verließ. Und Horst wandte schweißgebadet, steifnackig und mit trockenem Mund den Blick nach oben, wo sich eine Gardine kaum wahrnehmbar bewegte, so wie sich ein Schleier bewegt. Zum Beispiel der Schleier einer Haremsdame unter ihrem Atemhauch. Hinter der Küchengardine stehend würde sie unerbittlich seine Schritte kontrollieren, bis zur Straßenecke. Sie würde darauf achten, ob er den Zebrastreifen vorschriftsmäßig benutzte, wenn er zum Park ging.

Aus Trotz ging er manchmal eine Handbreit neben den weißen Farbwülsten und verkniff sich, den Kopf zu wenden, um einen triumphierenden Blick die Fassade hinaufzuschicken. Herta kommentierte solche kindischen Regelverstöße nie, aber es bestand kein Zweifel, dass ihr auch nicht die geringste Kleinigkeit entging.

Dabei hatte Herta Wichtigeres zu tun. Tausend Dinge waren zu erledigen. Komplizierte Verrichtungen, denen sie mit einer fast religiösen Inbrunst nachkam. War dann der alltägliche

Götzendienst in zwei Zimmern, Küche, Diele, Bad abgeleistet, wurden abschließend die Reinigungsutensilien einer rituellen Säuberung unterzogen und in ihren Tabernakeln verstaut. Horst wunderte sich schon längst nicht mehr darüber, dass die Wohnung trotz aller Mühen immer gleich aussah, aber Herta ließ keinen Zweifel daran, dass auch nur der allerkleinste Fehler unabsehbare Folgen haben würde. Dass dann alles ins Wanken geriete. Dass, ausgehend von Wollmäusen unter den Betten und Kalkflecken auf den Armaturen, sich das Chaos in einer Art Wellenbewegung über die ganze Welt ausbreiten würde, so wie sich Ringe auf einer Wasseroberfläche auswüchsen zu einem Tsunami. So oder so ähnlich erklärte sie es jedenfalls.

Wenn Horst abends die Nachrichten sah, fand er zwar keinen überzeugenden Zusammenhang zwischen Terroranschlägen, Hungerkatastrophen und Wollmäusen, aber niemals hätte er deshalb mit Herta eine Diskussion begonnen. Herta sah sowieso nur Musik- und Quizsendungen. Nachrichtensendungen ertrug sie nicht.

Insgesamt neigte Horst gegenüber Hertas Putzfimmel zur Nachsicht, aber manchmal fiel es selbst ihm schwer, seine ironische Distanz aufrecht-zuerhalten. Das war dann, wenn sich in Hertas Augen echte, nackte Angst spiegelte. Wenn an einem schönen Frühlingstag ein Schwarm goldener Sonnenstäubchen in der Luft tanzte, dem weder mit Staubsauger noch mit feuchten Tüchern beizukommen war. Dann weiteten sich Hertas Pupillen in unaussprechlichem Horror, und Horst versteckte sich hinter den Sportnachrichten.

Manchmal saßen sie samstags bei einem späten Frühstück. Horst hatte beim Bäcker frische Brötchen besorgt und bereute dies regelmäßig zutiefst, sobald sie die Krümel mit fahrigen Bewegungen in die Handfläche fegte und hastig aufsprang, um dann minutenlang entsetzt in ihre hohle Hand zu starren. Ob sie dann die Krümel im Küchenwaschbecken in den Abfluss spülte oder sie in den Biomüll warf, entschied sich in einem undurchschaubaren inneren Prozess, an dem Horst keinen Anteil hatte. An das tägliche Wechseln der Handtücher hatte er sich schon lange gewöhnt, aber niemals verstand er die komplizierten Details korrekter Wäschesortierung. Auch die Notwendigkeit, den Staubsauger zweimal wöchentlich zu desinfizieren, erschloss sich ihm nicht.

»Das verstehst du nicht«, war eine von Hertas ständigen Redensarten. Und manchmal sagte sie auch: »Ich fühle mich neben dir wie ausgelöscht«, was er noch viel weniger verstand.

Aber sie sagte es mit den Jahren immer seltener. Als junge Frau hätte sie gern als Sekretärin oder Bibliothekarin oder als Kindergärtnerin gearbeitet, irgendetwas, einfach irgendwas. Es hatte einige

Mühe gekostet, Herta davon zu überzeugen, dass sie es gar nicht nötig hatte, Geld dazuzuverdienen.

Damals hatte sie den Satz vom Auslöschen laut und oft gesagt. Zornig sogar, obwohl Zorn so gar nicht zu Hertas sanfter Wesensart passte. Nach einiger Zeit hatte sie sich jedoch an ihre Rolle als Ehefrau gewöhnt. Und wenn sie den Satz vom Auslöschen nun sagte, dann leiser, nachdenklicher, vielleicht mit einem Anflug von Trauer. Es war Horst jedenfalls nicht besonders schwergefallen, seine Frau zu überhören. Irgendwann war das Dröhnen des Staubsaugers sowieso lauter als Hertas Stimme. Ihr Haar wurde früh grau. Ihre Haut bleich und knittrig. Selbst ihre Stimme verblasste.

Nie hätte Horst erwartet, dass sie noch so viel Kraft gehabt hätte, sich zur Wehr zu setzen. Aber als er in Rente ging, verteidigte Herta ihr Revier mit zäher Beharrlichkeit. Ihr Heim. Ihre Reinigungsrituale. Ihre Welt. Horst war dort lediglich ein Störfaktor. Einmal kam ihm der Gedanke, am liebsten würde sie ihn löschen, so wie man mit der Delete-Taste am Computer einen Rechtschreibfehler spurlos verschwinden lässt. Aber das war nur so ein Anflug eines Gedankens, den er nicht weiterverfolgte.

Einmal hatte sie ein Fachwort in der Apotheken-Umschau unterstrichen. *Asphyxie.* Langsames Ersticken. Wahrscheinlich war das ein Wort aus einem Kreuzworträtsel, und er verbot sich, weiter darüber nachzudenken.

Auch nach Monaten wehrte sich Herta immer noch; setzte ihm auf perfide Weise Widerstand entgegen. Natürlich schrie sie nicht herum und es gab auch keine Wutausbrüche. Herta erstickte ihn unter einer staubfreien Käseglocke atemloser Fürsorglichkeit und legte ihm die Schlinge präziser Hygiene um den faltigen Schildkrötenhals. Manchmal schien es Horst so, als ob Herta zusehends erstarkte, und er fühlte sich alt und zittrig und überflüssig. So konnte es nicht weitergehen.

Aber dann überschlugen sich die Ereignisse. Und das Leben ging weiter.

Rückblickend bedauerte er, dass er nicht mehr Interesse für Hertas Welt gezeigt hatte. Vielleicht hätte sie ihn eingeweiht, wenn er nur mal nachgefragt hätte; und dann würde jetzt die Wäsche nicht so erbärmlich stinken. Aber nun war es zu spät. Als er damals seine Nachmittage auf einer Parkbank vertrödelt hatte, den Schal gelockert und die obersten drei Knöpfe der Tweed-Jacke geöffnet, war seine einzige Sorge gewesen, dass die knochenstärkenden Sonnenstrahlen ihn auch in ausreichender Dosierung erreichten. Ganz alleine hatte sich Herta daheim mit ihren schwachen Kräften den Schockwellen des Chaos entgegenstellte, während er zunehmend vertrottelte.

Seltsam eigentlich, dass es schließlich Herta war, die sich bei einem Treppensturz das Genick brach. Seltsam, aber gleichzeitig auch folgerichtig, hatte Herta doch den Wäschekorb geschleppt, ohne den Handlauf zu benutzen, und außerdem stand es um Hertas Knochenfestigkeit offenbar nie zum Besten, da sie kaum jemals aus der Wohnung herauskam, um ihren Vitamin-D-Stoffwechsel auf Vordermann zu bringen.

Seit Herta tot war, aß Horst öfters auswärts. Herta hatte Restaurants abgelehnt, da sie sich davor ekelte, von einer Gabel zu essen, die vorher ein Wildfremder im Mund gehabt hatte. Aus ähnlichen Motiven waren sie auch nie verreist.

»Überleg doch mal, wie viele Menschen schon auf diesen Hotelkopfkissen geschlafen haben, und wie oft in dem angeblich desinfizierten Wasserglas eine Zahnprothese eingeweicht wurde«, dozierte sie und damit war das Thema erledigt.

Gestern war Horst im Reisebüro gewesen und hatte sich Kataloge mitgebracht. Die nette junge Frau mit den stark geschminkten Lippen hatte ihm eine Kreuzfahrt empfohlen und ihm ein paar besonders attraktive Angebote ausgedruckt. Mehr als Fjorde und karibische Inselparadiese hatten Horst jedoch ihre zentimeterlangen, dunkellila lackierten Fingernägel fasziniert, mit denen sie traumwandlerisch auf ihrer Computertastatur herumhackte, ohne sich auch nur ein einziges Mal zu vertippen.

In der Nacht hatte Horst einen erotischen Traum gehabt. Als er erwachte, zeigte die Leuchtanzeige des Weckers zwei Uhr. Horst wischte die Hände am Bettlaken ab und drehte sich auf die Seite. Er starrte ins Dunkel und versuchte, wieder an das Gefühl befreiender Schamlosigkeit anzuknüpfen. Aber er wusste nur noch, dass ihm eine sehr junge und sehr stark geschminkte Frau voller Leidenschaft den Rücken zerkratzt hatte. Im wirklichen Leben war ihm diese Art von Erotik eher unangenehm. Er schlief wieder ein. Traumlos.

Am nächsten Morgen zog er die Bettwäsche ab. Seltsamerweise waren rote Flecken auf dem Laken. Misstrauisch beobachtete er seinen Harnstrahl, aber da kam kein Blut. Er kam sich vor wie ein Idiot, als er das Hemd hochstreifte und sich im Schlafzimmerspiegel betrachtete. Aber seine Rückenhaut war heil. Kein einziger Kratzer. Kein Blut. Kopfschüttelnd trug er das Wäschebündel in die Küche, um es in die Maschine zu stopfen. Kochwäsche. Und die Vorwäsche nicht vergessen. Trotzdem stanken die Laken und Bezüge erbärmlich. Zögernd steckte er die Nase in die klammen Falten.

»Stinkt nach toter Katze«, murmelte er und beschloss, alles draußen zu trocknen, obwohl die Herbstsonne kaum noch Kraft hatte. An der frischen Luft würde der Gestank wohl verschwinden.

Später ging er zum Friedhof. Gegenüber von Hertas Grab war eine Bank, auf der er gern die Nachmittagssonne genoss. Er setzte sich, schloss die Augen und die junge Frau kam ihm in den Sinn. Er konnte sich nicht an ihr Gesicht erinnern.

Nur an dieses Gefühl auf seiner Rückenhaut. Es begann wie ein zartes Kribbeln mit den Spitzen scharf gefeilter Fingernägel, so dass sich die Haare im Nacken aufrichteten. Und dieses Aufrichten setzte sich fort, als die Fingernägel übers Rückgrat fuhren. Die Wirbelsäule, seit Jahren kaum noch benutzte Muskelstränge, alles wuchs, erstarkte, straffte sich. Und das Gefühl fuhr ihm wie eine Schockwelle ins Becken, als die Hand kurz über seinem Steiß verweilte, die Handfläche heiß und alle Finger deutlich spürbar. Gieriger Zugriff. Aber bevor er sich fallen ließ, fuhr sie wieder hoch zum Nacken. Ein schmerzhafter Blitzschlag nun. Ein Reißen von Fingernägeln, lang und dolchartig, ein Schneiden, das seine Wirbel freilegte und ihm den Rücken zerfetzte, und gleichzeitig ein Lustgefühl wie kaum jemals zuvor, sodass er kam und kam und kam. Obwohl er die Frau nicht sah, die diese Dinge mit ihm anstellte, kannte er die Farbe ihrer Fingernägel. Er kannte auch die Farbe ihres Lippenstiftes. Es war ein tiefes, asphyktisches Violett.

Ein Schwung goldgelber Herbstblätter stob über Hertas Grabstelle. Hertas Ohrläppchen hatten dieselbe lila Farbe gehabt. Als sie im Sarg lag. Und ihre Fingerspitzen ebenfalls. Horst verdrängte das Bild, aber eine Hitzewelle stieg in ihm auf, rötete die herabhängenden, schlecht rasierten Wangen und die hohe, zerfurchte Stirn. Es berührte ihn mit einem Anflug von Peinlichkeit, dass er sich partout nicht mehr an Hertas Gesicht erinnern konnte. In letzter Zeit ängstigte ihn jeder Hinweis auf nachlassende, geistige Kräfte zutiefst. Er hatte in der Apotheken-Umschau gelesen, dass es dagegen rezeptfreie Medikamente gab. Er hatte den Artikel mit dem Namen des Medikamentes ausgeschnitten. Aber unbegreiflicherweise war der Artikel spurlos verschwunden.

Es war auch nicht so, dass Horst sich gar nicht an Herta erinnern konnte. Lediglich die lebendige Herta war seiner Erinnerung entglitten. Auch das Blättern in alten Fotoalben brachte keine Erleichterung dieser Gedankennot, denn die gemeinsamen Alben endeten in den siebziger Jahren. Fotos waren also auch keine Erinnerungsstütze. Wenn Horst an Herta dachte, sah er immer nur das Bild ihrer Leiche. Ausgestreckt wie ein gefällter Baum lag sie ordentlich versorgt im Sarg. Sie lag auf Kunstseide, die vor Sauberkeit strahlte und ihre Haut war so weiß, dass sogar die Sargwäsche kaum mithalten konnte. Einziger Farbtupfer war dieses irritierende Lila gewesen. Der Bestatter hatte irgendetwas mit Hertas mausgrauen Haaren gemacht, die nun in einem fremdartigen Fliederton glänzten. Außerdem hatte er sie in ungewohnter Weise frisiert, sodass ihre Stirn höher wirkte als normal. In ihrem toten, strengen Gesicht waren die Augenbrauen nach oben gerutscht, wie in stummer Missbilligung.

Was passt dir denn nicht, hatte Horst überlegt. Und ekelte sich über ein dunkellila verfärbtes

Ohrläppchen, das prall unter fliederfarbenen Haarwellen herausragte. Das hätte man wegschminken können, dachte er. Es sah so ... tot aus. Die Sargwäsche hätte Herta sicher gefallen. Blitzsauber, grundwasserneutral und garantiert nur für den einmaligen Gebrauch geschaffen. Kein Vergleich zu abgenutzter Hotelwäsche.

»Hab dich mal nicht so«, hatte Horst gemurmelt und linkisch versucht, Hertas linkes Auge zu schließen. Aber das Augenlid hatte die Konsistenz einer angetauten Käsescheibe aus dem Tiefkühlfach und schlüpfte sofort wieder in die halboffene Position zurück. Welche Augenfarbe hatte Herta zu Lebzeiten gehabt? Horst erinnerte sich nicht. Aber der Blick aus Hertas leerer Pupille schien ihn zu verfolgen, sodass Horst den Aufbahrungsraum fluchtartig verließ. Er veranlasste, dass der Sargdeckel umgehend geschlossen wurde, und so senkten sie Herta zwei Tage später in die Erde: mit einem lauernd geöffneten linken Auge und vor Missbilligung weit in die Stirn hochgezogenen Brauen.

Wenn Horst zum Grab kam, hatte er dieses Bild immer vor sich, als bohre sich ihr anklagender Blick durch den Sargdeckel, als durchdränge er Wurzelwerk und Erdschichten, und oft hatte er gegrübelt, ob es nicht besser gewesen wäre, Herta verbrennen zu lassen. Aber das hätte sie nicht gewollt. Herta als Aschehäufchen? Unvorstellbar. Sie, die zeitlebens jeder Art von Schmutz so energisch entgegengetreten war. Wie hatte sie sich gefreut, als die Ruß spuckende Ofenheizung endlich durch Fernwärme ersetzt wurde.

Wieder daheim drehte Horst vor dem Badezimmerspiegel den Hals nach rechts und nach links. Wenn er sich streckte, verschwanden die Schildkrötenfalten fast vollständig. Das gefiel ihm. Auch die Ohrläppchen schienen in Ordnung zu sein. In der Apotheken-Umschau hatte er gelesen, dass sich ein Herzinfarkt durch eine scharf geschnittene Falte im Ohrläppchen ankündige. Statistisch gesehen war die Lebenserwartung von Männern kürzer als die von Frauen. Herta war vier Jahre jünger gewesen als Horst. Herta war nun Würmerfraß. Die Statistik bewies gar nichts. Hertas Augenbrauen – ein Fraß der Würmer. Und Horst würde ewig leben. Und das ewige schlechte Gewissen: ein Fraß der Würmer. Morgen würde er die Kreuzfahrt buchen. Und er würde im Reisebüro lange auf die Fingernägel der jungen Frau starren. Und dann würde er ihr in den Ausschnitt starren, und sie würde es nicht wagen, sich dagegen zu wehren. Denn Horst würde bar zahlen.

Er keuchte, als er den Wäschekorb auf den Stuhl wuchtete. Dann breitete er sorgfältig das Laken auf dem Bügelbrett aus und fuhr mit dem aufgeheizten Bügeleisen darüber. Dort, wo sich das Leinen erhitzte, tauchten die seltsamen roten Flecken wieder auf. Horst runzelte die Brauen, drehte das Bügeleisen und betrachtete die Metallfläche. Sie war sauber. Er kratzte an den roten Flecken, aber sie schienen untrennbar mit der Struktur des Stoffes verbunden. Knurrend knüllte er das Laken wieder zusammen und warf es auf den Küchenboden. Er öffnete das Küchenfenster, denn die Luft war seltsam stickig. Fast modrig. Dann nahm er den Kissenbezug und faltete ihn auseinander. Roch an ihm, suchte nach Flecken. Nichts. Das Bügeleisen hatte nun Maximaltemperatur erreicht. Horst drückte den Dampfknopf und fuhr mit dem fauchenden Gerät energisch über weißes Leinen. Hinterließ eine breite, dunkelrote Spur. Horst zuckte zurück, betrachtete mit weit aufgerissenen Augen das Malheur. Der Kissenbezug war ruiniert. Gut, dass Herta das nicht mitbekam.

Er stellte das Eisen zur Seite und beschloss, morgen weiter zu bügeln. Vielleicht würde er die Wäsche auch ungebügelt in den Schrank legen und das Bügelbrett im Sperrmüll entsorgen. Er war niemandem Rechenschaft schuldig.

Horst betrat das Schlafzimmer. Vielleicht würde er auch in eine neue Wohnung ziehen. Oder er würde nur noch im Hotel leben und sich von morgens bis abends bedienen lassen. Der Gedanke gefiel ihm. Morgen würde er Hertas Grabpflege bei einer Gärtnerei in Auftrag geben und die Kreuzfahrt buchen. Gutgelaunt schlug Horst das Bettzeug zurück. Auf dem Laken erschien ein rotes X.

Du löschst mich aus, flüsterte Hertas Stimme und ein kleines rotes Rinnsal fand seinen Weg und begann seitlich am Bett hinunterzutropfen.

Plötzlich rutschte der Schlafzimmerschrank zur Seite und die Ecke des Nachttischchens kam unaufhaltsam näher. Warum befand sich der Bettvorleger auf einmal direkt vor seinem Gesicht? Mühsam richtete sich Horst auf und betastete eine Schwellung über seinem rechten Auge, die gerade eben noch nicht dagewesen war. Vielleicht wäre es besser, heute früh schlafen zu gehen, damit er wieder zu Kräften kam. Er würde sich morgen um die Bettwäsche kümmern.

Horst legte sich hin. In Straßenkleidung und Pantoffeln. Legte sich auf das rote Kreuz, das unaufhaltsam wuchs und das ganze Laken durchtränkte. In einer letzten Anstrengung zog er die Augenbrauen hoch, was seinem Gesicht den Ausdruck tiefer Missbilligung verlieh. Aber es gelang ihm kaum noch, die Augen offenzuhalten. Sein Hemd sog sich voll mit Blut. Er atmete flach, weil der fade Blutgeruch überging in Verwesungsgestank.

»Du löschst mich aus«, flüsterte er und die Augen fielen ihm zu.

Das Eisen zischte und dampfte, fraß sich langsam durch den Bezug des Bügelbrettes. Es dauerte Stunden, bis die Nachbarn den Schwelbrand entdeckten. Die Feuerwehrleute fanden auf dem besudelten Bett im Nebenzimmer ein Häufchen Asche, deren Herkunft sich keiner erklären konnte, da die Wohnung schon lange keine Ofenheizung mehr hatte.

»Unglaublich, in welchem Dreck manche Menschen hausen«, sagte der Kripo-Beamte, der routinemäßig hinzugezogen wurde. Sein junger Assistent presste ein Tuch vor Mund und Nase und murmelte halb erstickt etwas von Messie-Wohnung und Verwesung.

»Wurde seine Alte nicht vor kurzem eingeäschert?«, erinnerte sich einer der Nachbarn. »Vielleicht hat er die Urne ins Bett gekippt.«

Die genetische Untersuchung ergab keine verwertbaren Hinweise. Alle biologischen Spuren seien wie ausgelöscht, sagte der Gerichtsmediziner.

»Psychose«, erklärte der Hausarzt. »Schon seit Jahren bizarre Verhaltensweisen. Nach dem Tod seiner Frau wurden die Symptome immer deutlicher. Aber es schien keine Gefahr von ihm auszugehen.«

Der Staatsanwalt gab die Wohnung rasch wieder frei. Nach gründlicher Reinigung zog ein jungverheiratetes Paar ein. Sie waren angenehme Nachbarn. Sehr ruhig.

Horst blieb verschwunden.

Lichtscheues Gesindel

(nach einer wahren Begebenheit)

JEDER MENSCH IST EIN MOND
UND HAT EINE DUNKLE SEITE,
DIE ER NIEMANDEM ZEIGT.

(MARK TWAIN)

Es war diese ungewisse Stunde zwischen nächtlichen Schatten und der ersten Ahnung von Morgendämmerung, als er mit entschlossenen Schritten die Bahnhofshalle betrat. Die Rotunde aus hellem Granit schien menschenleer. Er sah sich gehetzt um. Aber da waren nur die toten Augen der barbusigen Säulenfiguren, deren steinerne Blicke ausdruckslos über seinen Kopf hinweggingen. Lebende Frauen betrachteten ihn normalerweise mit anderem Ausdruck: Bewundernd. Schwärmerisch. Begehrlich. Er kannte seine Wirkung aufs andere Geschlecht, maß ihr jedoch kaum Bedeutung bei. Ebenso wenig wie der Kehrseite: Neid und Missgunst, ja oft sogar blanker Hass. Auch diese Emotionen schlugen ihm regelmäßig entgegen. Allerdings eher von Männern. Dabei war ihm das Urteil anderer Menschen vollkommen gleichgültig. Er verachtete sie. Es waren lediglich gewisse Frauen, denen er von Zeit zu Zeit seine Aufmerksamkeit schenkte. Sehr junge Frauen. Fast noch Kinder. Sozusagen die Crème de la Crème. Wenn es darauf ankam, traf er seine Entscheidung blitzschnell. Verbindlich. Unwiderruflich. Bis jetzt hatte noch keine widersprochen.

Er blickte hoch zur Bahnhofsuhr. Der Sekundenzeiger zitterte und zögerte vor jedem Sprung. Aber auch ohne diese stumme Mahnung wusste er, dass seine Zeit unwiderruflich ablief, dass er sich beeilen musste, um es noch rechtzeitig zu schaffen. Ein dünner Schweißfilm bedeckte seine Stirn. Seine Energie war erschöpft und die Minuten zerrannen schneller, als die zögernden Uhrenzeiger sie zählen konnten. Nur mit Anspannung aller Kräfte konnte er es noch schaffen. Wenn nichts, aber auch gar nichts mehr dazwischen kam.

Sein Ziel lag zwischen den Aufgängen zu Gleis 5 und 7: ein matt glänzender Geldautomat. Direkt daneben saß teilnahmslos ein junges Mädchen mit pinkfarbener wilder Haarmähne. Sie schien mehr mit ihrer Bierflasche, als mit der Außenwelt beschäftigt. Während er sich ihr mit klackenden Ledersohlen unaufhaltsam näherte, verzog sie keine Miene. Aber obwohl ihre schwarz geschminkten Lider immer wieder träge über die Augäpfel sanken, wusste er genau, dass sie ihn beobachtete. Er stand unter Druck und bewegte sich nicht mit der üblichen Eleganz und Geschmeidigkeit: Normalerweise glich sein Gang einem lässigen Schlendern und wer seine hochgewachsene Gestalt erblickte, dachte unweigerlich an palmengesäumte Promenaden, an Straßencafés unter flirrender mediterraner Sonne oder an kunstvoll illuminierte Ballsäle des 19. Jahrhunderts.

Ja, er wusste, dass seiner Erscheinung etwas Altmodisches anhaftete, ein Hauch von Belle Époque. Für einen billigen Schönling oder Gigolo wirkte er im Maßanzug und mit rahmengenähten Budapester-Schuhen jedoch entschieden zu solide. Aber man hätte auch gezögert, ihn als Gentleman zu bezeichnen. Zu widersprüchlich war seine Erscheinung. Denn trotz Distanziertheit und zur Schau getragener Kälte umgab ihn eine schillernde Aura erotischer Präsenz. Normalerweise genoss er die Verwirrung, die er bei seinen weiblichen Verehrerinnen auslöste, aber hier und jetzt war nicht der richtige Zeitpunkt für solche Spielchen.

Die kleine Streunerin neben dem Geldautomaten war nicht sonderlich beeindruckt von diesem hochgewachsenen Typen, der sich mit raschen Schritten näherte. Sie blinzelte gleichgültig unter pinkfarbenen Haarsträhnen hervor, spielte mit dem Bügelverschluss ihrer Bierflasche, nahm jedoch keinen Schluck. Warum hatte er es nur so verdammt eilig? Der erste Zug ging doch erst um Viertel nach vier. Bis dahin war noch jede Menge Zeit. Und warum wollte er zwischen Nacht und Tag gerade in einer menschenleeren Bahnhofshalle Geld ziehen? Man weiß doch, welche Sorte lichtscheues Gesindel sich nachts dort herumtreibt. Hinter den Granitsäulen und zwischen den Schließfächern gibt es viele Verstecke. Und es würde noch dauern, bis die Security die nächste Runde drehte. Wie bleich er war. Er sah aus wie einer, der sich lange Zeit versteckt hatte. Sein schwarzes Haar trug er elegant zurückgekämmt, und selbst jetzt, als er den Kopf tief über die

Tastatur des Geldautomaten beugte, geriet die pomadisierte Pracht nicht ins Rutschen. Vielleicht war er ein Filmstar, der geschickt sein Inkognito wahrte? Oder ein Mafioso, ein Zuhälter, ein Drogenbaron? Das Mädchen spürte, wie die Fantasie mit ihr durchging. Ja, wahrscheinlich war er ein Dunkelmann, denn warum sollte einer wie er sich nachts am Bahnhof herumtreiben? Zahlte so einer nicht mit Kreditkarte und fuhr mit Chauffeur? Ja, er wirkte definitiv, als wäre er auf der Flucht. Ob er erpresst wurde und unterwegs war zu einer Geldübergabe? Oder verfolgte ihn vielleicht jemand? Sie riss die Augen weit auf. Braungrüne Kulleraugen in dunkel verschmierten Lidschattenhöhlen. Pinkfarbene Fransen umloderten ihr bleiches Gesicht. Aber da war niemand. Kein Verfolger. Keine Security. Sie waren allein.

Die Kleine seufzte. Der Typ da stammte aus einer anderen Welt, so viel stand fest. Die Bierflasche ploppte auf und sie nahm einen Schluck. Verschloss die Flasche wieder mit einer geschickten Bewegung. Ihre Fingernägel waren abgekaut und der schwarze Lack abgesplittert. Aber diese Finger waren geschickt. Sie krochen in fremde Handtaschen oder bearbeiteten fremde Schwänze. Jedenfalls taten sie zuverlässig ihren Job. Jetzt ruhten ihre Hände aber aus. Wenn sie Pause machte oder schlief, prangten an ihren Fingern schwere silberne Totenkopfringe. Der Schmuck war zwar unecht, aber im Zweifelsfall als

Schlagring geeignet. Man wusste nie. Nachts konnte es gefährlich werden.

Der Typ jedoch, der da jetzt mit bebenden Händen eine Bankkarte aus der Innentasche seines edlen Jacketts herauskramte, schien ihr ein eher ängstlicher Zeitgenosse zu sein. Wie er sich ständig über die Schulter schaute! Wer weiß, vielleicht ergab sich ja hier noch ganz unvermutet ein kleiner Job? Leise drehte sie die Ringe an ihren Fingern und ließ sie in der Jackentasche verschwinden. Der Automat schluckte die Plastikkarte. Ein zufriedenes Summen ertönte. Es klang, als sättigte sich der Automat an der Karte. Während der Typ die Geheimzahl eintippte, stand die kleine Punkerin langsam auf, lehnte mit der rechten Schulter an der kalten Wand und tat unbeteiligt. Natürlich verkackte er die Geheimzahl beim ersten Versuch. Kein Wunder. Bei dieser Nervosität.

Die Kleine strich sich die starren Haarfransen aus dem Gesicht und schaute ihn direkt an. Sie schaute wie ein heruntergekommener Kobold, wohl wissend um den Charme ihrer riesigen Kulleraugen. Langsam fuhr sie sich mit der Zungenspitze über die Lippen. Ihr Zungenpiercing zeigte sie dabei lieber nicht. Er sah nicht so aus, als ob er auf Körperschmuck stünde.

Die Kleine war ja schon irgendwie süß, aber jetzt hatte er keine Zeit für Spielchen. Zuerst brauchte er das Geld. Dringend. Wie war er nur in dieses Kaff geraten, in dem ein einziges Taxi vor dem Bahnhof stand, und wo waren überhaupt die vielen Stunden geblieben? Offenbar hatte er sich vollkommen vergessen. Und dieser Dorftrottel von Taxifahrer akzeptierte keine Kreditkarte.

Er bekam das Zittern einfach nicht unter Kontrolle. Auch der zweite Versuch mit der Geheimzahl ging daneben. Der kalte Schweiß brach ihm aus. Und unerbittlich verrann das winzige Quäntchen Zeit, das ihm noch blieb. Und nicht nur das – auch sein Energiehaushalt geriet in bedrohliche Schieflage. Sein Metabolismus war delikat und reagierte auf allerkleinste Schwankungen. Ein diabetisches Koma war ein Dreck gegen das Inferno, das ihn erwartete, wenn er nicht in den nächsten zwei Stunden eine ordentliche Mahlzeit bekam. Aber er musste Prioritäten setzen. Zuerst das Geld und dann mit dem Taxi nach Hause. Dort wartete seine Spezialdiät auf ihn. Aber jetzt musste er sich konzentrieren. Beim dritten Fehlversuch würde der Automat die Karte einbehalten. Und dann war definitiv alles aus.

Die Kleine rückte immer näher. Zu nah für seinen Geschmack. Wie sie ihm auf die Finger sah. Sicher hatte sie seine Verunsicherung realisiert und wartete nur auf eine günstige Gelegenheit, das Geld abzugreifen.

Er schloss kurz die Augen und lehnte die Stirn an das kühle Metall des Bankomaten, tippte mit

angehaltenem Atem ein letztes Mal die Zahlen-
kombination. Zögerte kurz, bevor er auf Bestätigen
drückte. Das Mädchen fixierte ihn, ohne auch nur
einmal zu blinzeln. Diesmal akzeptierte der Apparat die Geheimzahl. Sorgfältig tippte er den Geld-
betrag ein. Das Mädchen starrte. Vielleicht hatte
sie ein Messer in ihrer Jackentasche. Vielleicht war
sie aber auch nur ein Lockvogel und ihre Kompli-
zen lauerten hinter den Säulen oder in den Gängen
der Gepäckaufbewahrung. Nervös biss er sich auf
die Lippe und schmeckte Blut.

»Mach schon«, flüsterte er und der Apparat, auf
einmal ungewöhnlich folgsam, gab leise surrend
die Karte wieder raus. Womit die ihre Haare wohl
gefärbt hat, dachte er, packte die Karte, steckte sie
in die Brieftasche und machte, dass er davonkam.
Er hatte nichts gegen junge Frauen. Ganz und gar
nicht. Schon gar nicht, wenn sie eine so wunderbar
bleiche Haut hatten. Unter anderen Umständen
hätte sie sogar sehr verlockend auf ihn gewirkt.
Aber, wie gesagt, er musste Prioritäten setzen. Die
Zeit lief ihm davon.

Nun rannte er fast. Seine Absätze machten
hastige hackende Geräusche auf dem Granitboden
der Bahnhofshalle. Als er in der Mitte der Rotunde
angekommen war, hörte er hinter sich Schritte.
Schleichend, leise quietschend, wie von Gummi-
sohlen. Tatsächlich: Sie folgte ihm.

Nicht stehen bleiben, dachte er. Vielleicht hat sie
ja doch ein Messer. Oder es ist einer ihrer Kumpel.

Einer, der wesentlich muskulöser ist als ich. Lichtscheues Gesindel. Denen ist alles zuzutrauen. Ein stechender Schmerz durchfuhr seinen Brustkorb. Wann hatte er das letzte Mal gegessen? Das wäre ja noch schöner, dachte er. So kurz vor dem Ziel. Er wurde langsamer, blieb keuchend stehen und presste die Hand auf die Rippen. Draußen wartete das Taxi mit laufendem Motor.

Eine Hand legte sich auf seinen Ärmel. Finger mit abgekauten schwarz lackierten Nägeln.

»Du hast da was vergessen«, sagte sie mit rauer Stimme und schob ihm ein schmales Bündel Geldscheine in die Hand.

Schweigend wandte sie sich zum Gehen, als er nach ihrer Schulter griff. Er schwankte.

»Geht es dir nicht gut?«, fragte sie.

Diese Augen! Riesengroß mit weiten Pupillen. Sie war ein typisches Nachtgeschöpf – genau wie er. Er fühlte sich magnetisch zu ihr hingezogen. Wie bleich ihre Haut war! Sicher hatte schon seit Jahren kein Sonnenstrahl mehr ihren Körper geschändet! Zart berührte er ihr Kinn, hob ihr Gesicht empor. Die Finger der anderen Hand glitten sanft an ihrer Halsseite entlang, unter der ein zaghafter Puls flatterte, wie ein eingesperrtes, kleines Tier. Seine schmale Oberlippe zuckte. Draußen hupte es.

»Du bist so unsagbar verlockend«, flüsterte er heiser. »Jetzt sollst du deine Belohnung haben.«

Seine Oberlippe glitt zurück und entblößte die riesigen Reißzähne. Nun zitterte er vor Gier. Widerstandslos ließ sie es zu, dass er seine Hand in ihrem pinkfarbenen Schopf vergrub und ihren Kopf zurückbog. Mit weit aufgerissenen Augen bot sie ihm den wehrlosen, nackten Hals dar. Unmöglich zu sagen, wie lange es dauerte, dieses Schmatzen und Schlürfen, dieses Fest der Sinne, diese Vermählung mit der Nacht. Als er wieder zu sich kam, wischte er sich das Blut von den Lippen und richtete sich hoch auf. Nun war er wieder durchflutet von neuer Kraft und mit Leichtigkeit hielt er ihren schlaffen, leblosen Körper in beiden Armen. Mit ein paar raschen Schritten erreichte er den finstersten Winkel hinter den Schließfächern. Dort bettete er sie sanft zur vorläufigen Ruhe. Wenn der Tag sich senkte und die Nacht hereinbrach, würde sie zu neuem Leben erstehen. Zu einem schattenhaften Dasein zwar, das Licht der Sonne wäre ihr verboten für alle Zeit, aber welch ein Fest würde ihr Leben nun sein!

Nun wurde es aber Zeit für ihn, dass er fortkam. Aus der Halle hörte er Stimmen und das Klappern von Eimern. Die Reinigungsfrauen war eingetroffen. Er hielt sich sehr gerade, als er aus dem Schatten der Schließfächer heraustrat.

Hella, die neu war in der Putzkolonne, schaute kurz auf. »Was für ein Kerl«, murmelte sie bewundernd und vergaß völlig den Lappen auszuwringen.

Da traf ihn der erste Strahl der Morgensonne.

Weiterlesen ...

„Wow, was für eine mutige Geschichte!"

(Helga Körner; Finalistin
Buchblogger-Award 2019)

Junge Frauen, die zum IS abhauen und dann nach
Deutschland zurückwollen. Wer steckt dahinter?
Und wie geht es weiter, wenn es tatsächlich
„knallt"? Dieser Roman sucht Antworten. Und das
geht ganz schön unter die Haut.

TÖCHTER des TODES
Leinpfad Verlag; Ingelheim am Rhein
ISBN: 978-3945782453
340 Seiten; 14 €

„Ein Buch für jeden, der von lieblosen Histo-
rienschinken die Nase voll hat
und lieber echte Geschichte liest."

(Wolfgang Pichler; Bonner Generalanzeiger)

Ein kleines Eifeldorf. Der Mittelpunkt der Welt.
Hier wird 1934 ein Junge geboren, der keinen Namen hat. Das macht aber nichts: Er muss nur
schnell erwachsen werden, bevor der Krieg vorbei
ist. Denn Helden brauchen keinen Namen.

Der HÜTEJUNGE
cmz-Verlag; Rheinbach
ISBN: 978-3870623265
398 Seiten; 16 €

„Wer manipuliert hier wen?"

(Norbert Jachertz; deutsches Ärzteblatt)

Wahrsagerin Blanche will reich werden, sehr reich – deshalb treibt sie ein böses Spiel mit der ebenso naiven wie wohlhabenden Sybille. Aber die Geister der Vergangenheit hetzen sie Tag und Nacht.

Vor dem ERBEN kommt das Sterben
Lindemanns Bibliothek Band 272
Info Verlag; Karlsruhe
ISBN: 978-3-88190-927-3
416 Seiten; 14,95 €